灼眼のシャナSIV

高橋弥七郎
イラスト／いとうのいぢ

JN034622

Design：Yoshihiko Kamabe(zen)

「それにしても好きだねえ、メロンパン」
「毎日食べてて飽きないの?」

「うん、大好きだから」

「我々の計画が功を奏すか否か……勝負所でありますな」

〝夢幻(むげん)の冠帯(かんたい)〟ティアマトーのフレイムヘイズ
『万条(ばんじょう)の仕手(して)』
ヴィルヘルミナ・カルメル

「心強うございますね」

〝頂の座〟の面影を持つ人間
『九印官女』
セレーナ・ラウダス

「うん、こころづよう！」

〝紅世の徒〟と人の混『在』児
『両界の嗣子』
ユストゥス

〝天壌の劫火〟アラストールのフレイムヘイズ
『炎髪灼眼の討ち手』
シャナ
「うん、大好きな人」

練達の将帥にして稀代の悪謀家
『廻世の行者』
坂井悠二
「はは──まあ、そうだね」

灼眼のシャナSIV

グラスプ

灼眼のシャナ

上「暑い国の王子」

むかしむかし、とある暑い国に、神童と呼ばれた一人の王子がいました。
王子はとても頭が良く、国一番の戦士を軽々と投げ飛ばすほどの力持ちでした。
でも、とても我が儘で、気に入らないことがあると大暴れをする乱暴者でした。
王子は、頭が悪くて力の弱い連中が嫌いでした。
頭の悪い人間は王子の言うことを理解できず、グズグズ思い悩んだり反対をします。
力の弱い人間は王子のように勇敢に戦えず、すぐに怪我をしたり死んでしまいます。
誰も、王子に付いてくることが出来ませんでした。
王子は昔語りが謳い上げる、勇ましい英雄になるのが夢でした。
なのに周りは王子を助けるどころか、足を引っ張るようなことばかりするのです。
難問の正解を教えても、侮辱された、と大臣も学者も顔を顰めました。
敵を切り伏せても、一人で突っ走る、と将軍も兵も口を尖らせました。
誰も、王子のことを認めてくれません。

だから王子も、他人のことを認めませんでした。

「いつか、自分一人で全部やればいい」

そう、思っていました。

でも、そのいつかは来ませんでした。

父である王様に、妾が近づいて囁いたのです。

「王子様の嫌われぶりをご覧下さい。あれで国の世継ぎが務まりましょうか」

王様も、王子のことを認めてはいませんでした。今まで王子を好きにさせていたのは、王子しか跡継ぎとなる息子がいなかったからです。

なので、妾が男の子を産むと、王子は牢屋に入れられてしまいました。

そこは城の建つ大きな岩山の、割れ目の奥の奥……寝床もない、灯りもない、食べ物だけが投げ落とされる、ひどい場所でした。

王子は頭が良かったので、すぐ自分になにが起こったかが分かりました。

自分の強さではこの牢屋から出ることができないことも、分かりました。

分かっていてもなにもできない。自分の強さではどうにもならない。

そんなことは初めてでした。

悔しくても、怒っても、暴れても、どうにもならない、と分かりました。

だから王子は、どうにかできるようになるまで我慢することにしました。

暗闇の中で、目を閉じて待ちました。

同時に、不思議なことが起きました。

王子が目を閉じると、代わりに目を開ける誰かが、そこにいたのです。

誰かは、王子が目を閉じる間だけ、じっ、と王子を見つめていました。


王子が牢屋に入れられてから、しばらく日が経ちました。

投げ落とされる食べ物は、少しずつ減らされました。

牢屋の中で、王子も少しずつ弱っていきました。

それでも妾は、王子を怖がっていました。

「乱暴者の王子のことだ。飢え死にする前に、あの剛力で牢を破るかもしれない。城まで這い上がってきて、私の首をねじ切るかもしれない」

日々の悪夢に震えた妾は、とある真夜中、殺し屋を牢屋に差し向けました。

凄腕の殺し屋は足音一つ立てず、寝静まる王子の傍らへと忍び寄りました。

王子が目を閉じていたので、誰かもじっと、その様子を見つめていました。

息を止めた殺し屋が短剣を振り下ろした瞬間、王子が飛び起きました。

殺し屋の腕は肘から折られ、短剣は自身の腹を突き刺していました。

そして、王子の腕にも、別の短剣が深々と刺さっていました。

殺し屋は二人組……片方を倒した油断を、残った片方が突く、二人組だったのです。

それでも王子は二人目の胸ぐらを掴んで、渾身の力で壁に叩き付けました。二人目は倒れて動かなくなりましたが、王子も膝を突いていました。短剣には毒が塗られていたのです。

泥の広がるような意識の中で、王子は呟きます。

「死なないぞ、私は英雄になるんだ」

重い瞼を必死に持ち上げながら、傷から短剣を引き抜きました。

「王の敵を伐ち、砂の果てに広がる海を見るんだ」

殺し屋の帯を引き抜いて、腕に強く巻きつけて血を止めました。

「竜のようにうねる河を越え、その先へと進むんだ」

語り部に聞いたお伽噺と、王子の夢が混じり合っていきました。

「火を噴く山を、越えて……またその、先へ……私は」

やがてそれらも毒の闇に掠れ、

「どこまでも……戦って」

遂には声すら途切れてしまう、

「英雄は、進むんだ」

「それって、なに？」

寸前、誰かが声をかけました。

王子は瞼の隙間から、自分を見つめる誰かを見つめ返します。

「なぜ、そんなことをするの？」

誰かの問いかけに、王子はもう答える力がありませんでした。

ゆっくりと倒れてゆく、その中で伸ばされた手が、誰かに触れました。

それは誰かの手、と感じて……王子は闇に落ちていきました。

王子は再び目覚めることができました。

ただし、心地よさも穏やかさもありません。

毒のせいで高熱に冒される、苦しいだけの目覚めです。

それでも王子は、自分がまだ死んでいないことだけは分かりました。

分かってすぐ、気絶しました。

そして何度も何度も、苦しさの中で目覚めては気絶することを、繰り返しました。

その中で、だんだん周りが見えてきました。

すぐ傍らには奇妙な、常磐色の火の粒が宙に浮かんでいました。

腕を持ち上げると、清潔な布で手当てされていました。

反対側の指先には、水と食べ物が触れました。

誰かが、看病してくれていたのです。

何十度目かの目覚めで、王子はやっと、自分が無事なままでいることの意味を、考えられるようになりました。殺し屋が戻らなければ当然、追い打ちが来るはずなのです。

「次の刺客は何故、来なかった……？」

「来たよ」

驚いた王子の見た先、光の届かない暗がりに、目がありました。

「来たけど、みな喰べてしまったよ。それより……いなくなったのに、分かるんだね？」

「いなく、なった？」

火の粒と同じ色で目を輝かせながら、誰かはつらつらと語ります。

自分は、人間のそこにいる力を喰らうのだと。

喰われると、その人間は元からいなかったことになってしまうのだと。

誰かは王子が寝込んでいる間に、まだ生きていた最初の二人、翌日に来た追い打ち、またその次、またまたその次と、全てを喰らっていたのでした。

「すぐそこで、何度も何度も喰べていたから、おまえも慣れてしまったのかもしれない。あるいは、それを感じる才能までも備えていたのかな？」

王子は、自分が人喰いの怪物に助けられたことを知りました。

知って、最初に口にしたのは、

「どうして私を助けた？」

という問いでした。

何奴と咎め立てることもない、怪物と怯えることもない、そんな王子に怪物も、

「おまえのことは、ここに来る前から見ていたよ。他の人間より優れていて、地位も高くて、見目麗しい。なのに、おまえは『英雄』とかいうものを望んでいた」

目を爛々と輝かせながら尋ね返します。

「私はそれがなんなのか、知りたかった。他の人間が望み得る最高のおまえが、死の間際まで強く欲して望む英雄とは一体、なに？」

「英雄、というのは」

王子は、得々と自分の夢を語ります。

「迫る敵を滅ぼし、比類ない武勲を挙げ……その名を、長く語り継がれる者」

語る間に、もうその夢が叶わないことを思い出して、声を切りました。

怪物は暗がりで瞬きをしながら呟きます。

「ただ凄いだけでは駄目で、行動した結果と評判が要るのか。だとすると私はあちこちで、そ

の英雄というものができるのを邪魔していたのかも知れない。それなら」

怪物は目と声だけで、笑いかけました。

「なんとかしてやろう、私の可愛い王子。大丈夫……」

目が閉じられ、暗がりの中から怪物がいなくなった、と王子は感じます。

王子は訪れた静けさの中で、生まれて初めて心細くなりました。


牢屋の中で目を閉じていた王子は突然、気持ち悪い感触に襲われました。

見慣れた眺めから、なにかが消え失せたような。

立っている場所の、どこかが抜け落ちたような。

そこに、怪物が帰ってきて目を開けました。

「明日には、上に戻れるよ」

王子は意味が分からないまま、眠りに就きました。

すぐそこに怪物がいることを、心強く感じながら。

翌朝、怪物の言った通り、慌てた様子で兵士が迎えに来ました。

玉座の間で再会した王様も、とても困った顔で言い訳をします。

「何故そなたにあのような仕打ちをしたのか、皆目見当が付かぬのだ」

王子は王様とは別の意味で、何故こうなったのか、不思議に思いました。

そして、王様の隣にある椅子を見て、全てを理解しました。

かつては亡き母が、先までは妾が、そこに座っていました。

今、その椅子は——空。

王子は、自分を貶めた妾が怪物に「喰われた」から、貶められたこと自体がなくなったのだと分かりました。あの気持ち悪さに襲われた時、妾は「喰われた」のです。

感触は王子の中に、まだ薄れず残っていました。

その夜、久しぶりに戻った自分の部屋で、王子は尋ねました。

「子供の方は」

「一緒に喰ってやったよ。邪魔だろう?」

部屋の隅の暗がりから、怪物は目を喜びに細めて答えました。

王子は、その笑みに、なにも言えませんでした。

その日から、王子と怪物は一緒にいることが多くなりました。

部屋の隅の暗がりに声をかけると、怪物は目を開いて王子と話をしました。

好きなことも、嫌いなことも、面白いことも、つまらないことも、どうでもいいことも、他人には隠していることも、お互いに色んな話をしました。

王子はその中で、怪物が〝紅世〟という『歩いてゆけない隣』からやって来た〝紅世の徒〟であり、かつ強い力を持つ〝紅世の王〟であると知りました。怪物は月日を数えるのを忘れるほど長く、たくさんの地を旅してきたと言います。

王子は、語り部より物知りな怪物の話を、たくさん聞きました。

怪物も、楽しく話を聞いてくれる王子に、たくさん語りました。

時には王子の我が儘から、ケンカになってしまうこともありました。

そうなると怪物は目を閉じて、闇の中に融けてしまいます。でもすぐに、寂しくなった王子が「いるかい」と尋ねると、怪物も「いるよ」と軽く答えるのでした。

時に怪物は出かけ、王子があの気持ち悪さを感じる時もありました。

王子は一度だけ、人喰いを止めるよう、怪物に求めたことがありました。でも怪物は、あれが〝紅世の徒〟の食事で、他では腹の足しにならない、と答えました。

密かに怖さを募らせていても、王子は怪物を拒むことはありませんでした。

乱暴者の王子と普通に接し、色んなものをくれるのは、怪物だけだったからです。

怪物の方は、王子の夢見る英雄というものの意味を、問いかけ続けました。

怪物は、人間というより王子個人に、興味と執着を抱くようになっていたのです。

王子と怪物は日々を語り明かし、お互いのことを分かっていきました。

「なにも不思議なことじゃない。人と生まれたからには、夢見ずには居られまい！」

「そこだ。その不思議じゃない理由を、もっと教えておくれ、私の可愛い王子……」

この頃は、そう思っていました。


やがて暑い国は、周りの国から度々攻められるようになりました。

王子は、怯える王様の代わりに軍隊を率いて、これを防ぎました。

怪物は、そんな王子の活躍を見て、尋ねました。

「まだ、英雄となるには足りないのかい」

王子は、返り血を手で拭いながら、答えました。

「こんなものじゃ、まだまだ足りないな」

いつの間にか、暑い国は四方が敵になっていました。

あちらを叩けば、こちらが攻めてくる。

こちらを叩けば、あちらが攻めてくる。

王子はその全てを叩きのめしましたが、弱った敵国の一つが、とても大きな国に攻め取られてしまいました。とても大きな国は、次の狙いを暑い国に定めると、今まで王子が叩きのめした敵国の軍隊を全て集めて攻めてきました。

王子は、英雄になる時がやってきた、と覚悟を決めました。

怪物も王子の様を、天幕の隅から楽しげに眺めていました。

ところが、暑い国の命運を決める戦いの前夜。

珍しく付いてきた王様が、自分の天幕に王子を呼び出して言います。

「あの大軍には、とても敵うまい。今のうちに降参するのだ。そなたの蛮勇が国々の怒りを買ったせいで、このような事態を招いてしまったのだぞ」

思いもかけない言葉に、王子は驚きました。

そして、驚きはすぐに、頭の悪い人間への怒りに変わりました。

王様には過去、何度も何度も戦いの計画を引っかき回されてきました。

それでも王子は、父だから、王だから、と我慢してきたのです。

なのに、よりにもよって、この今に。

と、

「——ははっ、あはははは!!」

王子の怒りに応えて、怪物が笑い出しました。

なぜか、とても楽しそうに、とても嬉しそうに。

「とうとう、やっぱり、こうなった!! 今度に限って戦に出てきたから、なにかあると思っていたんだ。どうせ戦の前に喰おうと思っていたし、ちょうどいい！」

突然の哄笑に、王様は怯え、王子は戸惑います。

そんな二人を傍らから見下ろすように、

「これで全部、整った！」

怪物が、闇の奥底から這い出しました。

その姿は獣とも人ともつかない、巨大な塊でした。

塊の中に大きく、目と口のような形が落ちくぼんでいました。

爛々と輝く瞳が、無数の牙を並べる口が、歓喜の表情を作っていました。

「見ろ、おまえを敵国に売り渡すための捕り手だ‼」

その太い爪を生やした手が、三本、四本と伸びて、大柄な男たちを捕まえています。

王子は、姿を現した怪物への衝撃以上に、王様の魂胆に激しい怒りを滾らせました。

「そういうこと、か」

「そういうこと、だ！　喰うといなかったことになるせいで、性懲りもなく、何度も何度も同じことを！　だが、もう下らない邪魔立ては終わりだ、はははっ！」

怪物は笑いながら、男たちを炎に変えて食べてしまいました。

それは怪物にとっていつものこと、王子も知っている当たり前のことでした。

でも怪物は、怪物にとっては些細な、王子にとっては重大な、
この今に起きた……たった一つのことを見落としていました。

王子は、人がいなかったことになる光景を初めて、目の当たりにしたのです。

（――）

王子は総身を、全く別次元の震撼に貫かれました。

燃え盛る怒りに凍て付く慄きが混じり、目が眩みます。

出来事への感触と感応とが、胸の内に渦巻き荒れ狂います。

（――これが『人を喰う』――っ!!）

怪物の口へと、人だったものが、常磐色の炎が、〝存在の力〟が、吸われていきます。その消え失せてゆく、抜け落ちてゆく感触に、王子は恐ろしさを覚えました。

怪物が炎を吸い尽くしてしまったことで、さらに強く、感じました。

消え失せ抜け落ちた後に凝り漂う、不自然な気持ち悪さを。

どこからか来たもの。

どこかと接しているもの。

どこかへと繋がってゆくもの。

全てが途切れて、途切れた先で、大きななにかが歪んでしまう。

人間がいなかったことになる、その本当の意味を、王子は悟ったのです。

これは、やってはいけないこと、でした。

怪物は自分の行為を気にも留めず、腰を抜かした王様の方へとにじり寄ります。

「さあ、こいつも喰ってやろう。おまえは王となり、強大な敵軍を討ち滅ぼし、比類ない武勲を挙げるんだ。これでおまえの名は、長く語り継がれる『英雄』になる！」

王子が、その前に立ちました。

まるで、通せんぼするように。

それだけでなく、剣を抜き放ちました。

まるで怪物相手に、戦いを挑むように。

怪物は戸惑います。

「私の可愛い王子、なにをするの？」

「……」

王子は黙って、ただ感じていました。

いなかったことになった人間の残した歪みを。

それは、先の喰われた男たちの分だけではありません。

これまでに幾度も感じた、怪物の食事の分だけでもありません。

もっとたくさん、地の果てまで溢れ返る無数の歪みを感じていたのです。

ここにあるもので編まれた天地の姿形は、今にも崩れ、壊れてしまいそうでした。

王子は『この世の本当のこと』を知ってしまったのです。

剣先にいる怪物へと、王子は血を吐くような辛い声をかけます。

「おまえは、おまえたちは、そういうものだったのか」

まだ怪物は分かりません。王子が自分に剣を向けている様が、なにより怒っているような悲しんでいるような表情が、不思議でたまりませんでした。

「何故、そんなことを？　せっかく命を狙う妾を、無能な大臣を、邪魔な将軍を喰って、おまえを救ってやったのに。せっかく王を喰って、おまえを英雄にしてやろうとしているのに」

「そうだったな……『してやろう』……最初からずっと、そうだったんだ」

王子は剣を握る手に、震えるほどの力を込めていました。

「身勝手な私は、その言葉に乗ってしまった。もしかしたら父のことすら、おまえが『してくれる』のを期待していたのか……人喰いの余慶をぬけぬけと受け取り、屍もない死の頂に、いい気な夢を打ち立てようとしていたのか……」

王子の表情の中で、怒りを悲しみが超えました。

「本当の英雄なら、自分で『する』と言えたんだろう」

悲しみを生む、もう一つの気持ちを込めて、王子は怪物に別れを告げました。

「嗚呼――天地がこの有様と知って、ようやく夢から覚めるなんて」

別れを感じ取った怪物は、剣先に向けて、まるで縋るように体を傾けました。

「夢は、すぐそこにある！　もう敵の王も将軍も喰ってしまったよ。目と鼻の先にいる敵の軍隊は、形だけの烏合の衆だ。あとはおまえが『前に進め』と号令をかければ、夢は叶うよ。おまえは今こそ、英雄に――」

怪物の行いに、もう王子は驚きませんでした。

感じた歪みが、王子に全て教えていたのです。

王子は、怪物の夢にも、とどめを刺しました。

「こんなであっても、私の父だ。それに……おまえが喰うことを、私は許せなくなった。喰って天地が歪むことを、私は見過ごせなくなった。余慶を受けることを、私は認められなくなった。私は、もう英雄に――」

「やめろ!!」

怪物の表情の中で、怒りが戸惑いを超えました。

怪物は、一緒に作ってきた夢を王子が突然、打ち捨てつつあることに怒っていました。

王子は、一緒に夢を見た怪物が、決して相容れないものだったことを悲しんでいました。

こんな筈じゃなかった、という気持ちの中、
王子は渾身の突きを繰り出し、
怪物は咄嗟に腕で払いました。

いかに王子が剛力でも怪物には敵いません。一撃で剣ごとその身を打ち砕かれました。

舞い散る血飛沫の中、怪物が自分の行いに啞然としている様を、王子は見ていました。

そして、王子の意識は闇に呑まれました。

王子は訪れた闇の奥深くで、遙か遠くから響く、老人のような声を聞きます。

「聞こえるか、猛き心で抗う者よ、切なき心で怒る者よ。儂は、人喰いを許さぬ者。人としての全てを捨てて、儂の器となってくれないか。代わりに、巨大な力を、あげよう」

王子は、全てを捨てる、という言葉に昏い不吉さを感じました。

それでも、人喰いを許さぬ、という言葉に強い誠を感じました。

王子は、その声の言うことを受け入れました。

「いいとも、またでも構わない……全てを捨てよう、巨大な力を貰おう……そして」

王子は闇の奥で褐色の炎が揺らぎ、燃え広がるのを感じました。

炎が燃え広がるに連れ、莫大な力が満ちていくのを感じました。

その炎が照らした先で、王子を喰らいつつある怪物の顔を見ました。

泣きそうだった顔が、驚きへと塗り替わる、その様を見出しました。

死ぬ寸前だったはずの王子は力強く起き上がり、怪物と相対します。

王子は、怪物と顔を合わせたくありませんでした。これから殺し合うのですから。

その心に応じて、割れ鐘のように鳴り続ける心臓から、褐色の炎が溢れ出します。

炎は周囲の岩を掻き集めて、王子の夢見た勇姿を、仮初めに作り上げていきます。

怪物の伸ばした手を断固として拒絶する、岩の巨人が夜の中へと立ち上がります。

天幕を破って現れた巨人と、相対する異様な怪物の姿に、周囲に居た軍隊が大騒ぎになりました。王子は巨人の全力で、怪物を殴りつけます。とんでもない力が、怪物の半身を一撃で打ち砕きました。常磐色の炎が血飛沫のように爆ぜ、怪物の絶叫が夜空に轟きます。その苦しげな声に、殴りつけた当の巨人が、そうさせた王子が、思わず身動きを止めていました。

怪物は、残った半身で夜の彼方へと逃げ出します。

常磐色の火の粉を、涙のように撒き散らしながら。

全てが終わった王子は、巨人を作っていた褐色の炎を消しました。

崩れ落ちた岩山の上に立った王子は、未練のように呟きます。

「まるで、英雄だ」

王様を救い、父を救い、国を救い、怪物を追い払ったのです。

たしかに、英雄と呼ばれるに相応しい行為でした。

ところが、王子は王様に話しかけて愕然とします。

怯えきった王様は、王子のことを初めて会う者のように扱うのです。

他の見知った将軍や兵たちも、同じ態度で剣と槍を向けてきました。

力に怯え警戒している、という様子でもありません。

本当に、誰一人、王子のことを覚えていないのです。

王子は自分の中から響いてくる、老人のような声を再び聞きます。

「おまえは巨大な力と引き換えに、人としての全てを捨てることに同意したではないか。おまえが、そう望んだではないか。おまえはもう、人としての誰でもないのだ」
誰でもない彼は、自分の選択、契約の代償にようやく気付きました。
今や、自分という存在が『人』ではなくなったことを。
彼は『フレイムヘイズ』になったのです。
戦い流離う、討滅の道具に。

その夜の内に、彼は怪物を追って、歩き出しました。
怒りと憎しみ、悲しみと、もう一つの心を抱いて。
打ち拉がれた復讐者としての、長い長い旅へと。

下「怪物を殺す旅」

逃げた怪物を追って、彼は世界中を旅しました。

怪物との思い出は、今や刻印のように心を苛み続けます。

討滅の道具・フレイムヘイズとしての使命など、知ったことではありませんでした。ただ怪物を追いかけて殺すことだけを、彼は考えていたのです。彼は我が儘で乱暴者な、かつての暑い国の王子と、なんの変わりもありませんでした。

でも、人を超えた存在となった彼にとっても、世界は圧倒的に大きなものでした。闇雲に追いかけて、すぐに見つけられるほど小さくはなかったのです。

程なく彼は、砂の果てに広がる海を見ることが出来ました。

でも彼は、初めて見る海に気を留めたりはしませんでした。

その海辺の町で、怪物の同族である〝紅世の徒〟に行き逢ったからです。彼は即座に飛びかかり、巨人の腕で〝徒〟を真っ二つに引き裂いて殺しました。彼は怒号を上げます。

「なんだ、この土くれを摑むような雑魚は⁉」

「ふん、これではなにも試せん。次を探そうぞ！」

彼の中に在る相棒も、鼻で笑いました。世界の平穏を乱す同胞を止めるため、フレイムヘイズに力を貸す〝紅世の王〟である相棒も、負けず劣らずの乱暴者だったのです。相棒は彼を宥めることも止めることもなく、色んな力の使い方を試すことだけを考えていました。

二人は旅を続けます。

人の多く住まう場所の近くには、必ず〝徒〟の影がちらついていました。気紛れに襲来する魔物として恐れられる者もいれば、集落を支配する神に成り代わっている者もいました。中には人の姿を取って、何食わぬ顔で雑踏に紛れる者までいたのです。

いずれもが、この世界での暮らしを愉しんでいました。人を喰らい、いなかったことにする歪みを作りながら。

この世界は、彼ら〝徒〟の遊び場となっていたのです。

彼はその行き会った全てを殴り潰し、踏み殺しました。

相棒は満足げに、自分の道具を鍛え上げていきました。

二人は旅を続けます。

土地に巣食う〝徒〟を探し、知っていることを吐かせて殺す、旅を。

怪物はとても慎重だったらしく、なかなか噂の尻尾すらも掴ませません。

歪んだ世界の中を只管、歩いて、捜して、殺して、歩いて、捜して、殺して。

日が巡り、月が満ち欠け、季節が移ろっても、二人は歩いて、捜して、殺し続けました。

ごく稀に、彼らと同じフレイムヘイズと出会うこともありました。誰もが恐るべき使い手でしたが、相棒はいつも彼のことを大いに自慢します。

「おまえの契約者もなかなかだが、我が相棒には敵うまい。こいつは最高だ」

「やめろ。仇敵を追う行路で、そうそう無様も見せられない。それだけだ」

その度に彼は、馴染めば気の合う乱暴な相棒を窘めました。

虫愛づる姫君と、生命の竜巻は、素直に感心しました。

「如何様、御美事なる益荒男ぶりですこと」

「そーね、姫の『禍疾』に巻き込まれても死なない、その頑丈さは褒めたげるわ」

青き棺の天使と、金環頂く乙女は、厳しく戒めました。

「我らが暴を誇ってどうする。それでは無軌道な狼藉者どもと同じではないか」

「アシズ様の仰る通り、せめて人里の近くでは、力を抑えるべきです！」

感心されても、戒められても、二人のやることは変わりませんでした。

他にもフレイムヘイズとは幾人も出会いましたが、その内、彼は気付きます。

この世界を荒らし回る〝徒〟に比べて、フレイムヘイズがあまりにも少ないことに。

相棒は珍しい嘆息に添えて、呟きました。

「ふん……契約できるほどの感情を抱き、狭間を超えた〝紅世〟と通じ得る者は稀だ。おまえほどの適性を持ち、戦意に溢れる者は、さらにな」

「戦って生き延びる運を持っている者は、さらに、さらにか」

彼も実感を添えて、呟きました。

怪物の手がかりは、なかなか摑めません。

二人の行く手には、世界が大きく広がっています。

〝紅世の徒〟によって歪められた世界が、あまりにも大きく。

それでも、二人は旅を続けます。


逃げた怪物を追って、二人は世界中を旅しました。

怪物との思い出は、今や古傷のように胸底で疼き続けています。

討滅の道具・フレイムヘイズとしての使命は、やはり二の次でした。変わらず彼は、怪物を追いかけて、殺すことだけを考えていました。乱暴者の相棒も、人喰いの〝紅世の徒〟を殺してさえいれば、なにも文句を言いませんでした。

そんな二人にとって、やはり世界は圧倒的に大きなものでした。細心の注意を払っても、強引な手段を取っても、容易に見つけられるほど小さくはなかったのです。

やがて二人は、竜のようにうねる河を越えた地に入りました。

二人はそこで、誰にとっても未曾有の、大事件と遭遇します。

こちらの世界と違って〝紅世〟には本物の神様が存在していました。

その一柱である創造神が眷属を引き連れ、こちらの世界に渡り来ていたのです。

創造神は大多数の〝徒〟に望まれれば、本当になんでも、実現してしまいます。

こちらの世界に在る〝徒〟は、より快適な遊び場を望んでいました。

創造神は己が神格の赴くまま、その実現へと動き出したのです。

邪気というものがない創造神は、遊び場を創造する儀式の開催を、大喜びで各地に触れ回りました。できるだけたくさんの〝徒〟にお祝いして欲しかったのです。

「汝らの楽土、此が地に成るは近きぞ――さあ喜べ、祝え――!!」

世界中に散らばっていた〝徒〟たちは、熱狂して駆けつけます。

そして、その声に応えたのは〝徒〟だけではありませんでした。

他人の世界を好き勝手に踏みにじる行為の極み、とも言える創造に怒り狂ったフレイムヘイズまでもが集まってきたのです。

その途上、指折りの強者たちが必死に呼びかけ、それなりの大きさの集団ができました。元来が一匹狼気質で、協力というものに縁遠いフレイムヘイズたちでしたが、この時ばかりは例外でした。強者たちを中心に、創造の儀式を阻止するための作戦を練ります。

二人もその中に交じっていました。本当はさっさと殴り込みたかったのですが、旅する中で何度か行き逢ったフレイムヘイズ、闇を撒く歌い手と弾け踊る大太鼓に止められたのです。格好ばかり付ける連中で、二人は常々反りが合わないと思っていたのですが、不思議と言うことを聞かされてしまうのです。

「殺すにしても、時機というものがあろう、我が友よ」

「そう！　そう！　獣じゃあ、ないんだから、さ！」

作戦は、大胆不敵な策から始まりました。

儀式に参列して一緒にお祝いする、そういう策です。

無邪気な創造神は当然、フレイムヘイズたちを大歓迎しました。

儀式を司る審神者も当然、この参列を偽りと見抜いていましたが、主命とあれば是非もありません。せめて儀式の核となる巫女を、将軍に万全の構えで守らせる手筈を整えました。

ところが実は、フレイムヘイズたちの標的は、巫女ではありませんでした。

眷属たちが想像だにしていなかった、創造神そのものが標的だったのです。

儀式が始まり、作戦が始まりました。

フレイムヘイズたちの作戦は大成功し、儀式は阻止されました。

創造神は不帰の秘法で、世界の狭間へと追い払われてしまったのです。

ただし、上手くいったのはそこまでで、後には凄惨な地獄が待っていました。

怒り狂った将軍や巫女、招かれた強大な〝紅世の王〟たちが、逆襲に転じたのです。

集っていた多数の〝徒〟も加わり、フレイムヘイズたちは地獄の中に呑み込まれていきました。どんな強者でも、どんな使い手でも、運以外に命を拾う方法はありませんでした。

闇を撒く歌い手と弾け踊る大太鼓が、手綱打つ少女と風巻き奔る龍馬が、創造神を追い払う際に巻き込まれました。虫愛づる姫君と生命の竜巻が、稲妻の剣士と紫電の軍師が、戦塵の中に消えました。金環頂く乙女と青き棺の天使が、大地の心臓の神官と天空を制す黄金が、辛うじて残余のフレイムヘイズたちを守りつつ戦場を脱しました。

二人も這々の体で、地獄を潜っていました。

その最中、二人は〝徒〟の不意な襲撃を受けました。

積み上げた戦いの勘働きで、二人はこれを返り討ちにします。

次の瞬間、
残る片方が油断を突くべく、背後から斬りかかっていました。

彼は、電流のように迸った繋がりへの歓喜と共に、その片方を剛力で叩き伏せました。一撃で瀕死となった相手に、彼はずっとずっと待っていた言葉を、凶暴な笑顔でぶつけます。

「あいつは、どこだ」

二人は摑んだ尻尾を離すまいと、追跡にかかります。

得られた情報は、初めて仇敵の所在を明確に示すものでした。

怪物は、この地にある国の王宮に寵姫として入り込み、美貌で王様を誑かして様々な悪事を働いていたというのです。二人も狩り立てられる様を見た、儀式の供犠とされる人々、さらには獣面紋や装飾も厳めしい礼器や祭器、酒器は、全て怪物が礼物として贈らせた物でした。

相棒は、不快げに言います。

「ふん、つまりは自分が関与している儀式におまえが現れたのを知って、慌てて刺客を差し向けたわけか。この乱戦の中であわよくば、と考えたのだろうが……」

「……逃がさん」

彼は呟きながら、既に駆け出していました。

たちまち岩の巨人が作られ、疾走をなぞります。

もはや追いすがる〝徒〟のことなど頭にありません。

自分の邪魔をする者、全てを最速で薙ぎ倒し、怪物の許へと足を速めます。

彼は、彼の故郷を荒らして人を喰らい、父である王様や民たちに彼のことを忘却させ、自分を永遠に戦う運命に投げ込んだ、全ての元凶たる怪物を、心底から憎んでいました。

なのに今、彼は心底からの歓喜に浮かれていました。

この世の誰より、怪物に会いたいと思っていました。

復讐の陶酔と愉悦、と彼自身は思い込んでいました。

でも本当は、そんなものはとっくに枯れていました。遙か昔に父である王様は死に、何代か後に国は滅び、その後にできた国も、その後もその後も、みんな滅んでいたのです。

なにもかも、昔々の出来事。

なのに今、心底からの歓喜に浮かれていた本当の理由。

それを彼は、怪物が潜んでいたという王宮に、巨人ごと踏み込むことで理解しました。

大騒ぎとなった王宮に怪物がもういない、と分かって、落胆してから気付いたのです。

ただ、怪物に会いたかったのだと。

理解し気付いた彼は、憎しみと混じり合っていた別の感情の存在に愕然となりました。

寵姫のために建てられたという豪華絢爛な宮殿に、書き置きが記されていました。

見つけて欲しいのか欲しくないのか、分からないほどひっそりと、壁の隅に。

この国のものではない、今ではもう使う者もいなくなった文字で、短く。


『　会えば必ず後悔する、追わないで　』

文面の勝手さに憤慨した相棒は、

「なにを今さら、巫山戯たこと――、っ⁉」

言いかけて驚き、息を呑みます。

彼が、顔に爪を立て、掻き毟っていたのです。

内に渦巻く感情が表情になるのを阻むように。

あるいは、思うような表情を作れない顔を責めるように。

でなければ、どんな表情をすべきなのか分からず悶え苦しむように。

鮮血に塗れた唇が、せめてと感情を殺した平淡な声で、情念の言葉を紡ぎます。

「かも、しれない……でも追う、追いかけるさ」

指の間から覗く瞳には、変わらない憎しみと、そうではないものが燃えていました。


逃げた怪物を追って、二人は世界中を旅し続けました。

怪物との思い出は、今や手を伸ばし、足を運ぶ力となっています。

怪物を逃がした日以降、彼は表情に乏しくなり、態度も落ち着いたように見えます。

でも相棒は、それが上辺だけに過ぎないことが分かっていました。

彼は、滾る熱を内に秘めるようになったのです。

変わったのは怪物も同じでした。

怪物は逃げた日以降、事ある毎に二人の旅に妨害を仕掛けるようになりました。

怪物は殺し屋を遣わし、罠にかけ、紙一重で逃げ、二人は殺し屋に情報を吐かせ、罠を逆用し、あと一息に迫り……追いつ追われつ、三人は世界中を旅し続けました。

相棒は近くで見つめながら、感じていました。

未だに彼と怪物は、一度も相対することが出来ていない、
でありながら、まるで面を突き合わせた会話をしているようだ、と。
命を介して思いを探り、
存在の際に力を尽くす。
でも、そんな遣り取りは長く、長く続いて、
苛烈な遣り取りもやがて熟し、
お互い、通じ合うようになりました。
それは思いの先を当て、力が相手に届くこと。
つまりは、出会い。
数百年に亘る追いかけっこの、終わりでした。
火を噴く山を越えた神殿で、遂に彼は出会いました。
手下を最後の一人まで、全て踏み潰した岩の巨人を、
背を向け祭壇を仰ぐ、長身の女性が待っていました。
女性は背を向けたまま、ずっとずっと昔と同じ声をかけます。
「どうして、あんな書き置きをしてしまったのだろう……いや、その前に、どうして刺客など放ってしまったのだろう……おまえたちに手がかりを与えるだけだったというのに」
彼は、なにも答えませんでした。

女性の言葉は、自明の答えを零しているだけと分かっていたからです。

煌めく玉に飾られた装束の奥から、女性は言葉を続けます。

「ああ、そうだ……儀式の場におまえたちがいる、と知ったとき、どうしようもなく心が沸き立ったんだ。おまえたちに追われている恐怖と、そうではない、もう一つの気持ちで」

やはり彼は、なにも答えません。

女性の言葉が示すものを、これから言うことを分かっていたからです。

煌めく空疎な飾りの奥から、女性は悔恨の言葉を続けます。

「こうなる、と分かっていた、分かるほどになった。あの時、おまえに拒まれた理由を、ずっと探し続けていたから……それは、醜い私の姿を晒してしまったから、か？」

彼は初めて、分かりきったことを確かめるように、答えます。

乏しい表情から吐き出された言葉には、熱がありました。

「いや。おまえたち〝紅世の徒〟が、私たち人間と相容れないものだと分かってしまったからだ。気持ちとは、違う。この姿も――」

仇敵を前にしながら、彼は岩の巨人を作っていた力を解きました。

崩れた岩山の上から、彼は知らない背中を向ける女性に言います。

「おまえと殺し合う私の顔を、見られたくなかったからだ」

「そうか、うん……今なら、ちゃんと分かる……嬉しいよ」

言葉の通り、嬉しそうに答えると、女性はようやく振り返ります。

その顔を見せる前に、全身は常磐色の炎に包まれていました。

燃え盛る炎の中から、懺悔するような声だけが届きます。

「言わせて済まない。おまえと離れて、長い長い時が経っても……私のお喋りは結局、治らなかった。あの時も余計なことを喚いて、おまえを困らせてしまったのに、な」

彼は、変わらない表情で答えます。

憎しみと、そうではないもので滾った、熱を込めて。

「それも違う。夢を見たのは私で、おまえが付き合ってくれたんだ。私が勝手に夢見て、勝手に捨てた。おまえは、そんな私に……」

彼は常磐色の炎を、その奥から現れる姿を待って、視線を強く注ぎます。

まるで暗号のような会話の意味を、相棒は理解していました。

たった一つの鍵があるだけで、全て分かるのです。

どちらも相手を大好きだという、鍵で。

やがて炎が消え失せ、怪物が現れます。

その姿は獣とも人ともつかない、巨大な塊でした。

塊の中に大きく、目と口のような形が落ちくぼんでいました。

爛々と輝く瞳が、無数の牙を並べる口が、歓喜の表情を作っていました。

ずっとずっと昔と、同じ姿です。

見つめ返す彼も、かつての暑い国の王子と、変わりない姿のままでした。

怪物は、大きな目を細めて笑いかけました。

「ああ、なんて嬉しい出会いだろう、私の可愛い王子」

彼も、かつてと変わりない笑顔で答えます。

「出会いたくなかった……でも、ずっと会いたかった」

そのまま、彼と怪物は見つめ合いました。

名残を惜しむように、時も止まれとばかりに。

ここからやるべきことは、分かりきっていました。

だから、見つめ合える今に留まっていました。

力が満ちていくことまで、感じ合います。

やがて、心からの哀惜を交わし合い、

「でも、戦うのね。どうして、そんなことをするの？　私は戦いたくない」

「私も、そうだ。でも、おまえが人を喰い続ける限り、私は戦うしかない」

分かりきっていた決別の時が来ます。

怪物は牙を剝いて飛びかかり、
彼は岩の巨人を組み上げました。

もう、どちらも容赦などしません。
怪物は爪と牙を突き立て、時には攪乱や幻惑で巨人を翻弄します。
巨人は剛力を振るい、小細工などものともせず怪物を圧倒します。
常磐色の炎が渦巻いて、巨人を灼熱の檻で苦しめます。
褐色の炎が弾けて、怪物を飛び散る岩で痛めつけます。
怪物の放った痛撃が、巨人の体を貫きます。
巨人の強打が、怪物を地面に叩き付けます。
怪物は、それでも起き上がって、
巨人は、何度でも立ち上がって、
力が尽き果てるまで、
心が折れ砕けるまで、
そして――

彼は、砕けた片足を引きずり、もげた腕を押さえて、怪物の前にやってきます。もう岩の巨人を作る力もありません。まだ死んでいないだけ、という酷い消耗ぶりでした。
怪物は、仰向けに倒れていました。その体からは力感の一切が失われ、端々から火の粉が零れ始めています。後は死ぬだけ、というほどに全てを使い果たしていたのです。

彼は、怪物を見つめました。

怪物も、彼を見つめ返します。

「ああ、私の可愛い王子……」

吐息にすら、散りゆく火の粉が紛れていました。

「妾を殺して、自分の命を救った私に斬りかかり……私が用意した、英雄になる夢を自分で壊し……自分の持っていた、全てを捧げて……人だった頃の自分を知る、最後の存在である私を消してしまうなんて……どうしていつも、そんな馬鹿なことをするの」

途切れがちな述懐は、恨み言ではありません。

自分のせいでそうなってしまった彼を思い遣る、深い嘆きでした。

「そう、いつも……本当は望んでいないことを、選んで……報いを背負って、歩き続けるなんて……それでは、おまえがあまりに可哀想……私なら、おまえを……」

彼は、すぐには答えませんでした。

戦う前よりも、もっと惜しい今を感じてから、

「ありがとう」

喘ぎに混ぜた答えを、怪物へと顔を寄せて届けます。

「でも私は、いつだって……良かれと思い、選んだのだ。今だって——」

彼は咄嗟に仰け反って、身を躱しました。

寄せた分だけ避け損なった顔の、唇に縦一線、切り傷が刻まれます。

怪物が最後の力を振り絞って、彼を噛み砕こうとしたのです。

空を噛んだ怪物に、彼の拳が叩き込まれ、爆ぜました。

拳の先、再び倒れる怪物へと、彼は言いました。

「良かれと思い、選んでいる」

「今度もきっと、後悔するわ」

言うと怪物は、嬉しげに、悲しげに、切なげに、微笑みかけました。それ以外に出来ることがなくなって初めて浮かべられた、心からの愛情を宿す微笑みでした。

彼は、その微笑みごと怪物を、殴り倒したばかりの片腕で抱き締めました。怪物になにも出来る力がなくなって初めて示せた、心からの愛情で触れる抱擁でした。

そうして彼は、強い心で誓います。

「それでも、良かれと思うことを……また、選ぶのだ」

自分が、これからも生きていくことを。

こんな自分のまま、生き続けることを。

怪物は微笑みを浮かべたまま、火の粉となって消えていきました。

体が崩れ、火の粉が散った後に、彼は立ち尽くしていました。

彼の全てが、決着したのです。

彼は力なく、その場に座り込みました。

相棒は、なにも声をかけませんでした。

フレイムヘイズの多くは彼と同じく、復讐者としての情念で存在を保っています。

それが果たされたり、中途で折れた時、フレイムヘイズは存在を保てなくなるのです。

今の彼のように本懐を遂げて、なお在り続けるには、復讐以外のものが心に必要なのです。

この世界や人間への未練や執着、存在の消滅に対する恐怖や忌避、逆にありのままを受け入れる虚心や超然、あるいは……この世を喰い荒らす〝紅世の徒〟全体への憤怒を抱き、世界の均衡を志す、討滅の道具・フレイムヘイズとしての使命感。

彼は座り込んだまま、動きませんでした。

怪物への誓い通り、彼は、消えませんでした。

どの理由か、彼は在り続けることができたのです。

最初は遅かった傷の治りが、徐々に早まっていきます。

もげた腕も、砕けた足も、時をかけて元に戻っていきました。

いつぶりか、俯けた顔を上げて、目線を遙か地平へと向けます。

彼はそこに、怪物が喪われても変わらず歪んだ、世界を見出します。

誰に命じられるでもなく、彼は立ち上がりました。

復讐の先へと踏み出すフレイムへイズとして。

ようやく相棒が、確認の言葉をかけます。

「ふむ……では、ゆくか」

彼は頷き返して、一歩を踏み出しました。

もう怪物の居ない世界へ、それでも良かれと思う一歩を。

「どこまでも戦って、英雄は進む、か……ああ、なにも知らない子供というのは」

自嘲する口元には、縦一線の傷痕が残っていました。

まるで、怪物が存在した唯一の証のように。

まるで、熱い口づけの跡のように。


二人は、旅を続けます。

どこまでも、どこまでも遠く。

いつか、戦いの果てで命尽きるまで。

タンジェンシー

強烈、と言っていい陽光の中を、ビーチボールが高々と舞う。

水着の二人が、その影を追いかけた。

「シャナさん、打ち返してください！」

「えっ？　これは、どういうルールの競技……？」

戸惑うシャナに、キアラは笑って促す。

「適当でいいんです、なんとなくボールを遣り取りするだけで！」

「そ、そうなの？」

適当、と言われながらも、相手の動作の雰囲気からバレーボールの類と推測し、軽いレシーブで打ち返すシャナである。足場の悪い水辺であっても、彼女の体勢は崩れない。

「お上手です！　経験が？」

キアラはやはり高々と、ボールを返した。大胆なビキニが躍動感を際立たせる。

「学校の授業で、似たようなのは」

シャナは、満更でもない得意顔で笑った。ワンピースのフレアが花のように咲き開く。

地中海の海水浴場は、砂浜と海のコントラストからなる海岸線、遠く聳えることで広さを強調する崖、決して混ざることのない蒼くも碧い水平線と、心に染む鮮やかさで満ちていた。人出もそれなりにあるが、水際の遊びに障るほどではない。駆けるも泳ぐも寝るも好き放題の、まさしく絶好の行楽日和だった。

そんな海水浴場の片隅……というよりど真ん中に、やたら大きなビーチパラソルが立っている。影にすっぽり入った二つのデッキチェアには、それぞれ少年と男が寝転がっていた。

その片方、パーカーを羽織った坂井悠二が、周囲に気を払いながら尋ねる。

「一つ、訊きたかったんですけど……なぜわざわざ、人の多い場所で？　もっと他に、例えば離島とか、人目を気にせず遊べる場所があったんじゃ」

「おまえは、まだまだ実感ないんだろうが」

もう片方、サーフパンツ姿で寛ぐサーレが、目深に被った麦わら帽子の下から答えた。

「人間を保ったまま長生きするにゃ、こうやって他人と触れ合う機会を、できるだけ多く持っといた方がいいのさ。おまえらは三人とも真面目過ぎるから、一応のご教示ってやつだ」

「はあ」

言われた通り実感のなさそうな悠二に、ついでと安心材料を付け加えてやる。

「ここの周りは、信頼できる連中で固めてある。そんなに気を張らなくていいぞ」

「あ、ありがとうございます」

この初めての顔合わせは、世の陰に在る者らにとって、かなり繊細な大事である。伏せられるものなら伏せておくに越したことはないのだった。

そんな気配を微塵も感じさせずに弛むサーレは、麦わら帽子の鍔を引っ張り、足を組む。

「つーか、まだ日は高い。難しい話をする前に、一緒に遊んできたらどうだ」

「いやあ……女の子二人に割って入るのは、ちょっと」

実に情けない答えを返す悠二の視線の先では、シャナとキアラによる白熱した戦いが繰り広げられていた。緩いボールの遣り取りで遊ぶ方法を、朧気ながら決めたものらしい。

「やりますね、シャナさん!」

「そっちこそ!」

加減しているとは言え、互いに人ならざる力の持ち主、さらには尋常ではない存在感をも纏っている。熱戦は、次第に周囲の注目を集め始めていた。

(やっぱり、行った方がいいかな)

思い始めた悠二より先に、サーレが立った。

「もう一つ、全く以て言うまでもない、一応のご教示だ」

「はあ……、っ!」

釣られて立った悠二は、相手の親指が示した光景を見て、感情を沸き立たせる。

「こういう場合は、速攻で排除して、ツレにいい顔をするべきだ」

「同感です」

男二人は勇躍、あるいはいそいそと、少女二人の許へと歩き出した。

あまりにも魅力的に輝く彼女らに、不用意に声をかけた男どもを排除するために。

アンフィシアター

灼眼のシャナ

この新しい世界には、名があった。
思索や著述の必要性から便宜的に冠された呼称ではない。
世界を創造した真正の神より与えられた、確固たる銘である。
未だ熟さず、騒がしい、その楽園の名を――『無何有鏡』という。

1　追跡者

　新緑も翳る暗夜の山間、真っ直ぐ延びるハイウェイには灯りも疎らで、車も見えない。その片側一車線の細い道は今、疾走する一つの影によって、頑丈な高架を撓ませ、表面のアスファルトを粉々に撒き散らかされていた。

　連続する爆音のような破砕の轟きを後に引いて、危なっかしい前傾姿勢で突き進むそれは、車でもなければ人でもない。太く、鋭く、重く、爪を路面に打ち付ける、全高十メートルはあろうかという巨大な肉食恐竜だった。

　正確には、巨大な肉食恐竜に類似した形態を持つ――〝紅世の徒〟。

　世の陰を跋扈し、恣に振る舞う、『歩いてゆけない隣』たる異世界よりの来訪者である。

　かつてそれらの事項に付随していた、人を喰らう、という深甚の脅威は、今や昔語りに上るのみ。この『無何有鏡』においては在り得ないものとなっていた。

　とはいえ、前二つだけでも、人の手には大いに余る。彼らは総じて尋常の理を超越した自在の力を持ち、多くは己が欲望を満たすことに躊躇いを持っていなかった。

暗夜に突進する彼も、その例に漏れない。

（合流の寸前で敵対勢力に遭遇するとは……これだから集団行動というのは！）

巨大な体軀に帯びた凄まじい力を振るうことに、躊躇うどころか快感すら覚えている。

ハイウェイの疾走も、追っ手を振り切るための必要に迫られた行為、というだけではない。むしろ、開けた道を自身の足で思うさま踏みつけ打ち砕いて前進する悦びを得る、欲望の充足をこそ、主としていた。加えて彼は今、鬱陶しい邪魔者……組織の『同門』らとの合流直前に出くわした追っ手に向けて、その力を振るうことへの誘惑にも駆られている。

（一体、どこのどいつだ？　今さら規範とやらをがなり立てる、古参の秩序派か？）

その何者かは、山間を駆け抜ける間も、常に一定の距離を取って彼を追走してくる。

（それとも、ちっぽけな縄張りを主張することしか頭にない、新参どもか？）

最初から彼を狙っていることは明らかで、冷たい刃のような殺気が肌を撫でていた。

（あるいは、同胞殺しを宿した旧世界の遺物——フレイムヘイズか？）

同門らと合流するはずだった場所で、不意にここまでの殺気を向けられたのである。事情の詮索など後回しにして駆け出すのは当然の選択だった。

この今も、ただ無策に走り回っているわけではない。ことさら派手に道路を踏み砕いているのは、後続の同門に向けた『脅威あり』という挟撃を促すサインであり、さらには追っ手への示威、ささやかな妨害のつもりでもあった。あった、のだが、

(ちっ、やはり同門など！)

それら行為は現在のところ、徒労にしかなっていないらしい。刻限に遅れた彼以外、既に集まっていたはずの同門らは、未だに誰一人、この疾走の後を追って来る気配がない。破壊力を見せつけているはずの追っ手が、速度を緩める様子も感じ取れない。

彼は、最初に殺気を浴びた瞬間から直感していた。

集まっていた同門らは皆、追ってくるあれに殺された、と。

幾度となく生死の交錯を潜り抜けてきた経験から、彼はその種の直感を信じている。信じているからこそ、拙攻に走らず、こうして時間を稼いでいた。いた、というのに、

(どいつもこいつも、口先だけの役立たずどもが！)

そう罵る彼も、いつしか追い詰められている。時間稼ぎに使える距離が、限界に達しつつあるのだった。集合した後に向かうはずだった目的地――全世界の同門が一堂に会する『大計画』の策源地――が、すぐ近くにまで迫っていたのである。

(次のハイウェイの出口が、あそこに掠っちまう……くそっ、こんな羽目になるのなら、山の中を突っ切るべきだった)

彼は、進路の隠蔽よりも疾走の快感を選んでしまった自身の迂闊さを呪う。

策源地に集っている同門らで一斉にかかれば、追っ手が何者であれ容易く片付くはずだが、背後にどんな繋がりがあるかも分からない敵を引き入れた彼の責任は、確実に問われることだ

ろう。彼の属する組織は、持てる性質と目的の上から、処罰に厳しいのである。

なにより、同門らは総じて自恃と自負が異常に強い。不様に逃げ込んだ彼の面子は丸潰れとなり、嘲笑と蔑視に晒されることも、また明白だった。

そんな屈辱の光景を思い浮かべただけで、

（冗談じゃねえ!!）

彼の感情が沸点を超えた。

（ここで奴を始末すりゃ、それで済む話だ！　元々、用心して同門との挟撃を図っていただけのこと、ブルって逃げてたわけじゃねえんだからな!!）

景気付けのような声なき怒声に応じて、肉食恐竜の巨体が動きの質を転換する。

疾走のスパイクとなっていた鉤爪を一本、僅かに深く沈ませた。これを支点に、体勢を瞬時に反転させる。夜風を斬る太く長い尾でバランスを保ち、開いた口には既に――火の端が。

（くたばりやがれ!!）

真夜中の地表に異色の太陽が生じたような、錆浅葱色の炎塊が撃ち出された。

追っ手の位置は、気配でハッキリと捉えている。追走の勢いと炎弾の速度、かち合う双方は容易な回避を許さない。マグレで躱しても、脇を通り過ぎる前に爆発させる。その炎の渦から必死に逃れ、体勢を崩している相手を、持ち前の巨体で圧殺する。

何度となく行ってきた、必勝の戦法だった。

だから、今度も当然そうなる、はずだった。

が、

(なぬ!?)

追っ手は、躱す素振りすら見せなかった。

追走の速度を落とさず、正面から炎塊へと衝突した。

必然の結果として炎塊は弾け、渦巻くような大爆発を起こした。

(なんだ!?)

彼は、予想外の結果への驚きで、自身こそが反転後の体勢を崩していることに気付かなかった。労せずして勝利した、という緩みが生じたことにも気付けなかった。

そして、追っ手はまさにその間隙をこそ、襲う。衝突する前と変わらない速度で炎を突き破り、飛びかかる。

「あ、わ!?」

なにが起こったか把握し損なう彼に向けて、追っ手は大剣を振り下ろした。大振りながら柄の短い、片手持ちのそれは、硬く分厚い皮膚をものともせず、腕を一本、宙に舞わせる。

「——」

叫びが起きる前に、腕は炎塊と同じ色の火の粉となって、散り果てた。

「————ツガアアアアアア!!」

痛みと怒りを混ぜた、壮絶な咆哮が夜を劈いて走る。巨重を二、三歩、よろけさせながらも下げて、なんとか相手との距離を取る。

「貴様、貴様あ！　この俺を〝夂申〟ギータと知って、こんな真似を」

「知らない名前だな」

追っ手は短く、身も蓋もなく返した。

彼──〝夂申〟ギータは、言葉にならない怒りを、唸り声として漏らす。

「〜〜ッ‼」

「でも、目的地に向かうのを止めて、今、戦ってくれるのはありがたいな。このまま町に突入なんかされたら、制御できない騒ぎになる可能性が大きいし」

未だ燃え上がる炎を背負い、悠然と佇む追っ手は、少年のように見えた。

半端な長さの髪を熱風に靡かせ、見慣れない様式の凱甲を纏った姿には、尋常ならざる〝存在の力〟が漲っている。言葉遣いの柔らかさとは裏腹に、彼を見つめる視線は冷たい、まさに感じた通りの殺気に満ちていた。

炎の燃える音の中に、ズズズ、と低い擦過の響きが混ざる。

ギータはそれを聞いて初めて、自身知らず後ずさっていると気付き、戦慄した。

（まずい）

既に気後れしていることにも気付いて、戦慄に焦燥が加わる。

「ま、待て」

打開策を思いつくまでの時間稼ぎと、牙を並べた顎が開く。

「おまえは何者だ。フレイムヘイズか」

「……」

沈黙が返ってきたが、それは問答に応じなかったのではなく、考えに耽る間を取っただけであるらしい。少し視線を逸らして、追っ手は苦く笑う。

「よく聞かれるんだけど、まだ答えはないんだ。一緒に旅してる子と、この新世界『無何有鏡』に相応しい呼び方なり正体なりを、じっくりと探してるところだよ」

言葉遊びの類にしては、声に真剣味が強かった。

ギータは意図を摑めないまま、

「そういうことを訊いてるんじゃない。俺たちが集まるところを狙ったのなら、いずれかの敵対勢力に違いはないだろう。古参か、それとも新参か」

話す陰で、ジリジリと後ずさってゆく。あわよくば逃げる間を再び得る算段だが、未だ途切れない殺気の冷たさから、それが無駄であることも薄々分かっていた。

追っ手の少年は、やはり真剣に考え考え答えてから、

「旧世界から来た、ってことなら……古参かな」

ああでも、と付け加えた。

「この新世界で呼ばれるようになった通称は、あるよ」

そこで、ようやく容貌に見合った羞恥の笑みを添えて、言う。

「『廻世の行者』って、言うんだけどね」

「かいせい、の」

探るように呟いてから、ギータは隠すどころではない、動揺の表れとして大きく歩を下げていた。殺気の冷たさに身を浸していなければ、泡を食って遁走していたかも知れない。

「『廻世の行者』坂井悠二!?」

今在る全ての名を呼ばれ、軽く頷いた追っ手の少年――『廻世の行者』坂井悠二は、

「知ってたんなら、話は早いな。どんな噂で知ったのかは分からないけど、僕が追ってきた理由は、だいたい察しが付いたんじゃないかな」

「う、ぐ……」

狼狽えるばかりのギータに向けて、一歩、踏み出した。

『廻世の行者』坂井悠二。

旧世界において創造神の代行体として、新世界を創造せしめた英雄、
新世界誕生直後の混沌期に〝徒〟を率いて騒乱を鎮圧した強者、
新世界において人間と〝徒〟の共存を説いて回る異端の傑物、
世に在る〝紅世の徒〟の間で語り継がれるその存在は、傍らに在る者らと共に、生ける伝

説と言うも憚る分厚さで、他を圧する。とりわけ、世の陰にて平穏を乱す輩にとっては。

ギータは、まさかという怪物にこの今面した意味を、思わず尋ねていた。

「ど、どこまで、知っている……？」

「君が話してくれれば、答え合わせができると思うよ」

また一歩、悠二は踏み出した。

「君らの組織──［轍］について、ね」

また一歩、ギータは歩を下げる。

「話して欲しけりゃ、腕尽くで聞き出してみることだな」

「なるほど」

悠二は、微かに顎を引くように頷いた。

彼の中で、様々の試行錯誤──長時間の追跡で圧力をかけ、気配の大きさで力を示し、戦闘で存在を脅かし、名乗りを上げて恐れを抱かせる──に対する〝徒〟の反応が整理・分析されること数秒、おおよその結論へと到る。

「つまり君は、単なる戦闘員か。まあ今頃になって集められるんだから、そんなものか」

大きく嘆息して続けたのも、考え無しの悪口ではない。あからさまに侮辱することで、何らかの注目すべき反応が得られないか、という挑発、試行の追加だった。

が、しかし結局のところ、

「て、てめえがどこの誰だろうと——ぶっ殺してやる!!」

ギータはどこまでも分析通りの、単なる戦闘員でしかなかった。

数分の後、評価は覆ることなく、新たな情報を与えるでもなく、彼は死んだ。

2　侵入者

西日本、まるでクレーターのような山間の、そこそこ広い盆地に、伴添町はあった。周囲を低い外輪山に囲まれ、東西の峠道で辛うじて外界と繋がっている。必要な役場や施設は揃っているが、商店に関しては十分とは言い難い。国道沿いは山肌と田畑ばかり、単線の駅前から延びる短い商店街には閉まったままのシャッターが目立ち、モールが進出するほどに近隣との交通の便も良くない。ローカルチェーンのコンビニも、夜には閉まってしまう。

要するに典型的な田舎町だったが、町としての人口はそれなりの規模がある。これは、隔離された場所ゆえに多く残った古い町並みが、辛うじての観光資源となっているためで、幾らかの旅館とその周囲だけには、僅かながら繁華の彩りがあった。計画的に整備されたわけでもない、不便な田舎にある『知る人ぞ知る鄙びた観光地』というのが実際のところである。

伴添高校はそんな町の中心に位置し、隣り合った小中学校と共に、町の少年少女らを代わり映えしない登校に日々駆り立てている。

高校生という、精神的にも肉体的にも爆発的な成長を遂げる年頃は、閉塞感や刺激に乏しい生活を忌避する傾向にある。彼らにとって古びた町の風景は無価値で、そこで繰り返し過ごす日々は退屈だった。価値あるものは新鮮さであり、好ましいものは変化だった。

ゆえに彼らは今、二つの新鮮な変化に夢中になっている。

一つは昨晩、近隣で起きたハイウェイの大規模崩落事故である。

「なあなあ、ニュースの映像見た？」

「ああ、すげーな。何キロも道路がぶっ壊れたんだろ。連鎖ナントカ……なんだっけ」

「どんだけ手抜き工事してんだっつーの」

昼休み、校舎から春先の中庭へと溢れ出した彼らは、日常を文字通り破壊した出来事を口々に、突発的なイベントよろしく語り合う。

「テロじゃないか、ってコメンテーターの人が言ってたけど」

「こんなド田舎の道路ぶっ壊してなんのテロになるんだよ」

「そりゃそーか。あんだけ壊れたのに一台も巻き込まれてないからねー」

犠牲者が出ていないこともあり、多少の不便——彼らへの影響と言えば、コンビニの品揃えが少し減る程度である——も絶妙のスパイスとして味わうことができた。

「現場が山ン中だから、こっちまでテレビのインタビューとかも来ないんだよな」

「聞かれたって答えられることなんかないくせに」

「俺たちに分かるのは、山向こうでヘリが飛んでるー、くらいか」

大人なら、ここに観光の客足への影響や町外に出る不便さ、公的なクレームをどこにねじ込むか等々、頭の痛い現実問題を処理しなければならなかったが、彼らはその点、未だ社会的には子供で、市外との関わりも殆どない。気楽なものだった。

その気楽な興奮を、彼らは話しかける起爆剤とする。

もう一つの変化である、転校生の少女に。

「こっちに来て早々、あんな事件とかビックリだよねー」

「通ったとき崩落しなくてホント良かった」

「うん」

少女は、幼さを残しつつも凛とした容貌をコクリと頷かせた。体格は小柄ながら、落ち着いた雰囲気と不思議な貫禄を漂わせ、なおかつ近付き難さを感じさせず、朗らかで愛らしい。こんな転校生が、人気者にならないわけがなかった。

「ホント、騒がしくて御免ねー」

「おまえだって騒がしくしてる一人だろ」

「構わない」

かける言葉は端的で短いが、拒絶の風はない。男女を問わない人の輪の中心に立って、微笑を共有する。転校から数日で、級友らは物珍しさから親しさへと態度を変えていた。

「それにしても好きだねえ、メロンパン」

「毎日食べてて飽きないの？」

「うん、大好きだから」

手にした袋を掲げて微笑む、その柔らかさが、周りに伝播する。中庭の芝生（というより校内に残された野原）に皆で腰を下ろして、今日も昼休みの他愛ない雑談が始まった。

「ホント、良い匂いだな」

「パン屋のパンって、そんないいもんなの？」

「店にもよるけど、昨日見つけたここのは美味しいよ」

言いながら、少女は袋を開ける。中から広がった、香ばしいバターの匂いに皆が鼻をひくつかせる中、その端を千切って、尋ねた女子生徒にひょいと渡す。

「あげる」

「あ、ありがとう」

どぎまぎする彼女に、羨望の視線が集まった。一口で食べ、

「ホントだ。これ、美味しい」

工夫のない言葉で喜ぶ様に、いいないいな、と周りの声が飛ぶ。

「一つまでなら、皆で分けて良いよ」

少女が笑って言うと、今度は歓声が湧いた。

そうして、取り留めのない話題が、取り留めのない繋がりで、どこまでも転がってゆく。

流行りの映画やドラマを見た見ないから始まって、ニュースで町のあそこが映った、教師への事細かな不平にテスト範囲の広さ、果ては入れ込んだスポーツの勝敗、迷子の犬を探偵に捜して貰った、今やっているゲームの出来が酷い等々……ごちゃ混ぜに支離滅裂に、自分の言いたいことを言って、同意されて得意になったり、文句で返されて膨れたり。

少女も、それらを興味深く聞いて、たまに質問し、あるいは説明や体験を付け加える。

皆で、当たり前に、短い昼休みを楽しく過ごす、

そんな、往く時を忘れる活気の端に、何気なく入って来た。

私服の首元に季節はずれな黒いマフラーを巻いた、明らかな部外者が。

不意な到来にも警戒心を抱かせない、どこか大人びた佇まいの、優しげな少年が。

ふと、目を合わせた少年と少女は、

「シャナ」

「悠二」

まったく自然に、名を呼び合った。

その、親しさとは違う、まるで呼び合うこと自体が喜びであるかのような声に、級友らまで陶然となった。数秒の後、ハッと我に返ってから、皆して色めき立つ。

「えっ、だ、誰この人」

「まさかシャナちゃんの彼氏、だったり？」

「そんな、嘘ー!?」

転校生の少女・シャナは、訊いた面々に軽く目線を舞わせた。自慢することの予告として、疑義も異議も差し挟む余地のない、実に可愛らしい笑顔で。

「うん、大好きな人」

一斉に上がる絶望と落胆の大絶叫を受けて、少年・悠二は照れ臭そうに頰を掻いた。

「はは——まあ、そうだね」

「まあ、じゃない」

逆にシャナは、ムッと膨れる。

不意に、その膨れ方とはまた違う、どこか腹立たしげな男の声が、

「それで、どうした」

遠雷のような低さで響いた。

誰が喋ったのか、互いを見回す級友らを置いて、

「うん」

悠二は表情を引き締め、頷く。

「予定通り、最後尾の連中を片付けてきたよ。封絶を張らなかったから、当然こっちにいる連中も気付いたはずだけど、昨晩の内に動きはあった?」

「ううん。なにも」

シャナは小さく首を振った。級友たちに見せていた柔らかな笑みは消え、静かな厳しさが表れている。しかしなぜか、それこそが彼女には相応しいように思われた。

「こういう仕掛けだらけの場所だもの。元々、真正直に挑んでくるとは考えてなかった」

「僕も色々と準備してから、誘いをかけるつもりでノンビリ町に入ってみたけど、リアクションがなくてさ。それならってことで、シャナがどう過ごしてるのか見に来たんだ」

悠二は軽く肩をすくめて見せ、

「なのに、今さら来るとはね……最後尾の粗雑さといい、どうにも不徹底な連中だよ。せっかく新しい友達と過ごしてた楽しい時間を、邪魔しちゃったかな」

「うん、悠二が悪い。楽しんでたのを邪魔された」

シャナが悪戯っぽい糾弾で返した。

わけの分からない会話に視線を右往左往させる級友の一人が、口を開こうとする。

その機先を制して、不思議な転校生は、今までと全く別種の強い笑みを輝かせ、言った。

「大丈夫」

瞬間、
地面から紅蓮の炎が湧き上がり、頭上へと通り抜けた。高校の敷地を遙かに超えた広範囲に火線の紋章が燃え立ち、その円形へと被さる巨大な陽炎のドームが形成される。

世界の流れから内部を切り離し、外部から隠蔽する自在法――『封絶』の発現だった。

同時に、シャナも変わっている。

制服の上に、コートとも見える自在の黒衣『夜笠』を纏い、
腰までの髪を、火の粉舞い咲く炎髪として靡かせ、
両の眼は、煌めく灼眼へと変眸していた。

身の内に〝紅世の王〟を宿し、世界の安寧を密かに守る、異能者『フレイムヘイズ』。

中でも、格別の意味を持って語られる称号――『炎髪灼眼の討ち手』。

それがシャナという少女の、真の姿だった。

悠二は何千と面してきた彼女の姿に、やはりまた今も、

「……」

現実の煌めきだけではない、眩さを感じ、目を細める。

激しく燃える灼眼は、しかし優しい視線を、彫像のように固まった級友らに向けていた。

「待ってて。手早く片付けるから」

その胸元にある黒い宝石に金の輪を意匠したペンダント型の神器〝コキュートス〟から、彼女と契約した〝紅世〟真正の天罰神、〝天壌の劫火〟アラストールが続ける。

「どれほど来た」

「僕の後を付けてきたのは五人、だったけど」

悠二に頷くと、シャナは後背に紅蓮の眼『審判』を開き、全てを看破する。

「うん、いる。学校のすぐ外に、その五人。慌てて封絶の中に入ってきた増援が南と東から八人、遠巻きに監視してる奴が北に一人」

「報告のため離脱しそうな奴は？」

「いない」

「この紅蓮の封絶を見て、それでも戦うつもりなのか……やっぱり不徹底だな。陰謀を厳重に隠してる一団、のはずなんだけど」

呆れた様子の悠二は、自身を漆黒の炎に包み、姿を変じた。

半端に伸びたぶつ切りの髪に、緋色の衣を引く古めかしい凱甲。

右の手にはいつしか、片手持ちの大剣『吸血鬼』を軽く提げている。

「北にいる監視役は引き受けた。封絶外の警戒も、ついでにやっておくよ。他には？」

助勢は最初から問いの内には含まれていない。

果たしてシャナは首を振り、

「ううん――あっ」

気が付いて、付け加える。

「皆を無駄に傷つけないよう、守って」

封絶の中では、どれだけ破壊されようと修復が可能である。人を〝存在の力〟に変換して吸収する『人喰い』も、新世界『無何有鏡』では行えなくなった。が、それでも。

悠二は笑わず、しっかり頷く。

「分かった」

頷き返すと、シャナは『夜笠』の内から大太刀『贄殿遮那』を抜き、構える。

そうして、誰一人逃さない戦いが始まり、すぐに終わった。

3　隠蔽者

　夜の伴添町は灯火に乏しい。

　町には大きな道路が通らず、繁華街と呼べる規模で店も集まっていないため、日の沈んだばかりの時刻でも、人通りが殆ど絶えてしまう。月星もない曇天下、ひっそりと外輪山の内に潜む盆地の全景は、疎らな金砂を混ぜた闇の淵のようにも見えた。

　そんな静まりの一隅、仮住まいするマンションの屋上に、二人にして三人の姿がある。マンションは田舎ゆえに低層の四階建てでしかなかったが、周りも同様に低いため、眺望を得るのに不都合はない。

「監視役も使い捨ての戦闘員、か……不徹底って評価には再考の余地ありかな。どこを捉えても取るに足りない手下ばかりで、親玉に辿り着く手がかりが得られないなんて」

　私服の体へと戻った悠二が、苦く笑った。

　同じく、制服姿のシャナが、首を傾げる。

「誰も彼も、属してる組織について問い質すとイヤな顔をしてた。こんな連中は初めてかも。

まだ［マカベアの兄弟］や［狂気の城］の方が連帯意識を持ってたと思う」

「車輪の跡──わだち──［轍］か……組織を忌むのなら、なぜ徒党を組んでいる？　新世界で名を聞く組織は、奇矯な性質を持つものばかりで、どうにも実態が掴み難い」

アラストールの天罰神らしからぬぼやきに、悠二はおかしみを笑いに加える。

「人と〝徒〟どころか、〝徒〟の間だけでも、常識や普通ってものを成立させるまでには、まだ時間がかかるみたいだな。そのキキョーな連中がなにか企んでる、って情報を辿ってやって来たここに──」

そうして町並みを一望し、またすぐ引き締めた。

「確かに、なにかはあるんだけど」

「うん。でも、それがなんなのかが分からない」

シャナも、目線の行く先を合わせる。

三人の前に広がるのは、疎らな灯りを点す夜の伴添町。

一見なんということもない、その闇の淵に、潜むものがある。

企みを持つ〝紅世の徒〟だけではない、なにかの存在を証すものが。

「──『審判』──」

右の灼眼が一つ、さらにその瞳に合わせた片眼鏡大の紅蓮の眼が現れ、人の目には見えない隠された姿を、フレイムヘイズへと晒す。

自在式。

無数の、自在式。

町中に刻まれた、無数の自在式。

個々は短な断片という、町中に刻まれた無数の自在式。

「よく、こんなに……」

「我が目を疑う、とはこのことだな」

シャナ、視覚を同調させたアラストール、双方ともに呆れた様子で呟いた。

遠い山上の送電鉄塔から目の前の手すりまで、延びる路面から瓦の一枚まで、路地のゴミ箱から捨てられた缶まで……盆地の底に広がる町の、一望できるありとあらゆる場所に、彩る模様のように、あるいは蝕む病魔のように、自在式が刻まれている。

異常な光景と言うよりなかった。

悠二も深々と嘆息する。

「山の上から、町中に自在式が溢れ返ってるのを見たときは、流石に慌てたよ」

「うん。でも、その全部が、ほんの小さな断片ばかり……」

シャナの自在法『審判』は、あらゆる自在法の流れを追い、自在式の意味を拾うことができる。しかし今、眼前にあるものからは、なにも摑めない。

アラストールが当然の疑問を、確認のため口にする。

「これらの殆どが手の込んだ欺瞞で、中に真の狙いが隠されている、という可能性は?」

「高い、はずなんだけど」

悠二の手元に、透明な煉瓦状の物体が多数、規則性を持った並びで現れた。

複数の組み合わせによって複雑かつ万能の機能を発揮する、彼固有の自在法『グランマティカ』である。その内側には、黒い炎で紡がれた断片の写しが幾つも揺れている。

「ここに来るまでに照合した結果は……どれもこれも本当に文節以下の切れ端で、仕掛けの部品として機能しそうなものは一つもない。それに、いざ事を起こすために起動したとして、これらを意味成すものとして繋げるには膨大な時間と手間がかかるはずなんだ」

「私とアラストールの潜入が、そのいざの契機にならないなんて」

言いつつ、シャナは目の前の手すりに刻まれた自在式に触れてみた。そこに〝存在の力〟を流し込んでみても、一瞬の発光があっただけで、すぐ鉄が冷えるように輝きを失ってゆく。

悠二も、手元に浮かべた『グランマティカ』を高速で並べ替えて、意味と流れを持つ形式に構成しようと試みるが、やはり力を発揮するだけの、意味成す量には到底足りない。

「シャナが先行して一週間、なにも起きないから、僕が外側で集まってくる連中を叩いて危機感を煽って……それでもなにも起こらない。企みを隠してるにしても、動きが遅すぎるな」

アラストールが唸るように呟く。

「何事か秘している輩は、通常であれば嗅ぎ付けられたと察した時点で事を起こすものなのだが。まさか、ここまでの仕掛けを放棄して逃げ出しはすまい」

「この狭い町に、まだ三十以上は潜んでる。三割近く片付けても逃げずに留まってるから、企みは継続してるみたい。暴れ出さない限り、泳がせて首魁を割り出す方針だったのに……ここまで動かないのなら、虱潰しにした方が良かったかな」

シャナの問いかけに、悠二は腕を組んで考え、

「確かに。状況が異常だったから軽く突くだけで止めたけど、実は未完成なだけなのかも。巨大な結界を即時形成した〝愛染の兄妹〟や、周到に隠しながら準備を進めた教授ほどの腕前とは思えないし、フリアグネの『都喰らい』のような法則性も見えない……うーん」

やがて推測の限界に達して、ガリガリと頭を掻く。練達の将帥、あるいは稀代の悪謀家として知られる『廻世の行者』も、自在法の技術においてはまだまだ未熟だった。

「僕はラミーやマージョリーさんのような天才じゃないから、目の前の欠片から一気に正解に辿り着けないんだよなあ。分かるものしか分からないというかぁ痛っ⁉」

その腰に、横からの肘打ちが、やや強く入る。

「いじけたこと言わない。分かるものから手を付けていけばいいの」

「如何にも。貴様にできるやり方を通せば良いのだ」

当たりの強い『炎髪灼眼の討ち手』による叱咤激励を、悠二はありがたく受け取る。

「そう、だね……僕に分かることを、僕のやり方で」

目を瞑り、遠くに意識をやった。

「そのやり方の一つ……この地形だし、町の四方に『オベリスク』を配置してきたんだ。大きな自在法発現の気配があれば、仕組みの解析付きで反応するはず」

町を囲う外輪山の四方に、彼の『グランマティカ』で組み上げられた人間大の塔、透明な煉瓦造りのオブジェと見える自在法『オベリスク』が、ひっそり立っている。

それらの中には、黒い自在式が燃えて意味を織り成し、包囲内の自在法探知および解析、という機能を発揮していた。

「まあ、それが全然ないから、こうして夜景を眺めてるんだけど」

「向こうには向こうの思惑がある。そういつも、すんなりとはいかない」

素っ気ないシャナの後に、アラストールが渋い声で続ける。

「ところで、坂井悠二……本当にその自在法、その名に決めたのか」

「そうだよ。一愛読者として、著者に詳しく話を聞けた敬意の証ってやつさ。機能のイメージが明確になるから、って命名を勧めてくれたのはアラストールじゃないか」

「む……まあ、それはそうだが、しかし名の出所が、だな」

無頓着に軽々しく、微妙に恐ろしいことをする少年に、天罰神は困惑するしかない。

「いいじゃない」

笑って悠二の味方をするシャナが、

「あいつも典型的な、新世界に来て無害になった〝徒〟――」

中途で言葉を切った。

悠二も表情を鋭く研ぎ澄ませた。僅かな驚きと、より僅かな可笑しみを添えて。

三人ともに沈黙していた。自身の感覚が本当に正しいのかどうかを、確かめるために。

数秒、念入りに周囲を探ってから、悠二は結論づける。

「今、動き始めたね」

「本当になんなの、ここの連中は」

シャナは呆れた声で返した。

「いかにも無軌道ではあるが……だからといって舐めてはかかるな」

アラストールの静かな檄に、

「「分かってる」」

と声を合わせて、二人は軽く宙に跳ぶ。

シャナは瞬時に、炎髪灼眼を現して『夜笠』を纏い、大太刀『贄殿遮那』を抜いた。

続く悠二も、緋色の衣を引く凱甲『莫夜凱』を鎧い、大剣『吸血鬼』を手に取った。

紅蓮と漆黒の火の粉が、飛び征く姿の緒と靡き、夜空に振り撒かれる。

目指す先は双方、寸分の違いもない。

シャナが『審判』で、悠二が『オベリスク』で、各々感じ取った自在法発動の地点は、町の南西部、乏しい町灯りすらも途絶える闇の凝り——その奥に広がる貯水池。

と、池の縁から巨大な体軀の何かが、滑り込むように水中へと逃れるのが見えた。

悠二は相手の意図を訝しみ、

(僕らが向かってると分かってるだろうに、今さら逃げる？　どんな自在法を組み上げた？)

シャナは戦いの上から警戒する。

(周りには誰もいない、近付いても来ない……単独で戦えるほどの自在法の使い手？)

その自在法は、既に発動していた。

池の端に浮かび上がり回転を始めたのは、十余層ほどを重ねる同心円状の自在式だったが、それは僅か数秒で円と円との間に摩擦と齟齬を生じ、全体をガタガタと揺るがせてゆく。

「⁉」

「えっ」

シャナも悠二も、意表を突かれた。

町中に刻まれた自在式の断片と一切の相関を持たない、単独の自在法だったためである。自在法自体は、それなりに大きな力を注ぎ込まれているが、至近、あるいは回転の端に触れてすらいる断片と、なんの反応も起こしていない。

封絶を張って一帯丸ごと隔離することもできたが、これが囮で他の場所が本命だった場合、対処の遅れる危険性があった。

二人は同時にその判断を下して、飛翔の軌道を二つに分ける。

「悠二、私が〝徒〟を！」

「分かった、僕が自在法だ！」

シャナは降下しながら、己が身に漲る莫大な力を練り上げ、
悠二は『グランマティカ』を展開し、自在法の妨害を図った。


が、時既に遅し。


自在法は、回転の極致で崩壊し、その威力を振り撒く。

数秒の静寂を経ての、鈍い地鳴りとして。

地鳴りを経た、広範囲に渡る地震として。

伴添町が周りの山ごと、ゆさりと揺れた。

とはいえ、

（これ、だけ？　未完成のものを無理に動かしたのか？）

悠二が疑問に思うほど、その威力は低かった。

本当に、ただ数秒、せいぜい木々が身動ぎするほど揺れただけ。

浅い夜を憩う住人たちは驚いたろうが、この程度で倒壊する家屋もないだろう。店に並んだ

商品も落ちるかどうか、震度にして3あれば良い方、という地震だった。

その間、シャナの振るった『贄殿遮那』から、

「――『飛焰』!!」

圧力を伴った炎塊が夜を焼いて迸り、絶大な熱と圧力が、池の底に潜んだ〝徒〟を、水面に現した攻撃の自在法らしき隆起諸共に消し飛ばした。近場であれば、地震よりもこっちの衝撃の方を大きく感じただろう爆発で、池の水は殆ど蒸発、飛散していた。

あっさり討滅を成したシャナの顔は、やはり悠二と同じく冴えない。

(破れかぶれだった？　いや、まだ分からない)

死んで効果を発揮する自在法もある、と心構えを緩めず警戒するが、池の底にチラチラ燃え残る『飛焰』の跡と、夜にも濛々と白く立ち上る水蒸気しか認められない。

と、そのとき、
貯水池のすぐ脇、物置小屋らしき場所で、光と異音が発生した。

もっとも、それは大した量ではなく、物陰を一、二メートル範囲で騒がすのみ。

悠二が降り立ち、拾ったそれは――なんということもない、着信した携帯電話だった。

「……なんだ？」

聞く者の不安と焦燥を煽り立てるよう作為された、その明滅と警報は、先の地震によって発せられたものだろう、緊急地震速報。

悠二は、未だ騒ぎ続ける画面へと目を遣る。
（なぜこれは、ここに在った？）
疑問が次々と矢継ぎ早に脳裏を流れてゆく。
（ここにいたのは、誰だった？）
流れの中で材料が繋がり、徐々に形を成す。
（誰が、なにをしようとした？）
掌中に在る物こそが――全てを繋げる導線。
（こ、これ、だ……こ、これが狙いか⁉）
遂に悠二は気付いて、町の方を振り仰いだ。
（さっきの〝徒〟は囮ですらない、この作戦の手順だ‼）
まずい、という危機感が心身を突き動かす。
（次の動きが来る前に、盆地全域を覆う封絶を張――）

が、やはり、遅かった。

無視できない程度に、町を揺らした地震。
即座に届いた、耳目に刺さる緊急地震速報。

情報を確かめんと、人々が手に取る携帯電話。
開いた画面に浮かぶのは、とある一つの自在式。
それらを結節点に、繋がりが猛然と広がってゆく。
町中に刻まれていた無数の断片が、形を成してゆく。
形を成して、機能を発揮した。

4　信奉者

　彼ら［轍］は、通常の組織とは根本原理から違っている。個々の目的、趣向、志、全てがバラバラだった。構成員と言えるほど統制されておらず、同志と言えるほど熱狂を共にする間柄でもない。命令を伝え合う繋がりすら、通常は持っていなかった。

ただ奉じる『師』、その一要素だけで彼らは間接的に繋がり、また誰もが己を『一番弟子』と自認していた。ゆえに彼らは、自分たちのことを上下のない『同門』と呼び合う。

誰もが『一番』を自認するため、総じて傲慢で、同門にも非協力的で、なにより己を特別視していた。そんな彼らは、自分たちを一纏めに呼ばれることにすら不快感を覚え、『師』の教えを歪んで受け止める他の愚か者どもと一緒にされては敵わない、と考えていた。

　彼らにとって組織とは、力を合わせる必要が生じた際――多くは『師』の聖遺物の探索や奪取――に招集される手段の呼称に過ぎず、誰もが、そこいらの有象無象（同門含む）と同列では有り得ない、と思っていた。

　それでも今回、この地に世界中から全ての同門が集った（集う前に死んだ間抜けもいたようだが）のは、目的の偉大さゆえである……と、『大計画』の首謀者にして主導者たる〝頒叉咬〟ケレブスは『一番弟子』として自負していた。

この偉大なる目的を前にすれば、他のどの同門も、絶対に文句は言えない。

どんなに無茶な命令であろうと、彼ら自身の在り様として受け入れるしかない。

世界に散らばっていた同門を一人残さず、この作戦のために動員することもできる。

膨大な自在式の断片を刻む作業に従事させることも、身命すら消費させることもできる。

それを指揮する己こそ、まさに『師』に最も近き『一番弟子』と言えよう。

そして今まさに、指揮する者から成就した者へと変わる、待ちに待った時が来る。

（土壇場になって、どこぞの腕っ節の強い邪魔者に侵入されたが……それも、まんまと囮の方に引っかかってくれた）

ククッ、とケレブスの忍び笑いが、伴添町外れに位置する無線基地局の暗がりに漏れた。

そこは携帯電話や無線を中継する施設である。局、施設といっても、アンテナを備えた巨大な鉄塔と、その下に付随するコンクリ箱状の電源設備、というだけの簡素な建物。電子技術に少々覚えがあれば電波ジャックするのは容易かった。特に、彼ら［轍］であれば。

（地震さえ起こせば、囮は用済み……そして、邪魔者どもの右往左往する間に）

基地局から町中へ無数、発信された彼の自在法『ストマキオン』は、同じく町中に無数、刻まれた自在式の断片を、意味成す形に構成してゆく。本来は、一定の法則に従い自在式を組み合わせるだけの力、せいぜいが自在法の効率化程度にしか使えない力、だった。

（真の『一番弟子』たる私が、偉業を成す）

その力は今、断片の核として機能を発揮している。不定形だった力のたゆたいを、重々しいうねりへと、圧倒的な怒濤へと、方向性を与え導いてゆく。人は誰も知覚できない、自在法による力の怒濤は、徐々に全体の高度を上げる、巨大な環を形成していた。

「さあ、今こそ偉大なる……この私と『師』のためだけの、栄光の儀式の始まりだ!!」

環になった力の怒濤は、どこまでも加速してゆく。そうして、自在法を光の帯と錯覚するほどの極みで、唐突に実体化した。ケレブスの炎と同じ、老竹色の火の粉を撒き散らして、環は町を囲む外輪山の頂部をなぞるほどの威容を、曇天の夜空に低く浮かべる。

その様に陶然と浸っていた彼を、劈くような爆音が揺るがした。

「なっ、なんだ!?」

基地局の狭い窓から外を窺って、驚愕する。もう存在など欠片も気に留めていなかった、出し抜いたはずの邪魔者らが、まっしぐらに彼の許へと飛来していた。

「な、なぜここが分かった。いや、いや、いやいや、そんなことはどうでもいい!!　私の栄光は、すぐそこに迫っているのだ！　絶対に、邪魔はさせんぞおおお!!」

作業着姿の貧相な男が、人化の自在法を解いた。

本性を現し、膨れあがりながら絶叫する。

「我が『師』──〝探耽求究〟ダンタリオン教授を、この楽園へとお迎えするために!!」

基地局を内から砕いて現れる巨大な三つ頭の烏に、ではなく、その叫んだ内容──なにより最悪の〝紅世の王〟の名──に、シャナは灼眼を一杯に見開き、悠二は顔を強張らせた。二人は思わず飛翔の軌道を捻って頭上、盆地を睥睨するように浮かぶ環を見上げる。

悠二は『オベリスク』による分析より早く、既視感を声にしていた。

「これは……『神門』の模造品だ!!」

『神門』とは、旧世界と〝紅世〟……即ち『両界』の狭間へと開かれた門のことであり、かつてこの、距離や体積の概念が成立しない無限の牢獄へと追逐された、創造神の神体を取り戻すための装置の一部だった。今、その粗雑な模造品が、彼らの頭上で動き出しつつある。

「なんという、ことだ」

驚愕に声を揺らすアラストール、

「──ッ!!」

息を呑むシャナも、その後背に現した『審判』で、環の構造を見抜く。

主な構成要素は二つあった。

一つは〝徒〟であれば誰もが使う初歩的な自在法、現在では新世界と〝紅世〟を行き来する際に使われる『狭間渡りの術』であり、もう一つは［轍］の名の由来にして、聖遺物『我学の結晶』たる『伝令の短剣』から抽出された転移の出口となる誘導の自在法だった。

町全体を覆い尽くすほどにばら撒いた、これら二つの構成要素を、ケレブスは自在法『ストマキオン』によって結合し、無理矢理な、数の力で、強引に、稼働させているのだった。
両界の狭間への門をこじ開け、狭間の彼方へと誘導の信号を送るために。
彼ら［轍］にとって至上渾身の奉仕たる『師』の帰還を実現するために。

悠二は大いに焦った。

「じょ、冗談じゃない!!　ようやっと大流入の戦乱も収まって、手探りの協議も始まろうかっていう大事な時期なのに！」

シャナも、心底から焦っていた。

「もし、もしあれが生きていて、ここにやって来たら!!」

アラストールまでもが、本気で焦っていた。

「この新世界――『無何有鏡』を、無茶苦茶にされるぞ!!」

恐らくは、信奉者たる［轍］を除く全ての〝紅世〟を知る者らにとって、敵としては決して出会いたくない、味方としてはなおさら出会いたくない、と認識されている、彼。

底なしの探究心と天井知らずの好奇心、天才という以外に形容不可能な頭脳と精緻玄妙の技術、そして凶悪極まりない気紛れと絶望的な良識のなさを兼ね備えた、〝紅世の王〟。

教授――〝探耽求究〟ダンタリオン。

新世界の創造へと到る激戦の中、自身の超兵器によって両界の狭間へと消えた彼が、もし生き長らえて、無限の〝存在の力〟で満ちた新世界『無何有鏡』に解き放たれたら……想像するだに身震いのする、これぞまさに恐怖だった。

そんな彼を迎え入れるための環が、囲いの内をゆっくりと、暗夜の雲よりなお暗く翳らせてゆく。かつての『神門』がそうであったように、狭間への口を開けつつあるのだった。

シャナは逸る気持ちを抑えて、叫ぶ。

「悠二、まずは!」

「分かってる!」

悠二も最低限に答え、基地局の鉄塔を押し倒して翼を広げた巨大な三つ頭の烏――〝頒叉咬〟ケレブスへと、並んで突進した。

途上、町に潜んでいた［轍］の同門らが次々と異形を飛びかからせるも、

「我が『師』の帰還を阻ま」「貴様らを我が炎で飾っ」

全てが即座に、斬り裂かれて消えた。

その中でシャナが、

（『師』？　さっきもそんなことを……あんな奴が？）

と疑問に思ったのは当然で、教授の性格は、およそ教育者や指導者に向いているとは言えな

い。あの天才は、自他を探求と実験の材料としてしか見ておらず、他者からの信望や評判などに一切の関心を払わない人物なのである。巻き込まれ、利用され、被害を受ける……それが彼と対した全員が受け取る報酬のはずだった。

　が、悠二は、

（『師』……それに『同門』……そうか、こいつら［轍］が――！）

　かつて〝徒〟の大組織［仮装舞踏会］に身を置いていた時期に、彼が『教授』と呼ばれる所以に面する機会を、直接・間接に持っていた。あの天才は、決して出し惜しみをしない人物なのである。欲し、困り、悩む全員に、解答となる技術に知識に宝具、あるいは僅かなコツまで、なんの見返りも求めずに与えていた。

「彼から迷惑を被る機会は、彼に接する時間と正比例する。つまり、付き合いが短ければ短いほど、彼は素晴らしい人物に見えるのだよ。行きずりの〝徒〟には、ごく稀に、自身の命題や欠点を即座に解決されたことで、彼を師と仰ぎ信奉する輩までいると聞く」

　もう一人の天才的な自在師から、教授の意外な一面を聞かされたときは、そんなまさか、と思ったものだが……今まさにその『そんなまさか』が、大挙して襲いかかってきている。

「おのれ！」「やらせるか！」「食らえ！」

　群がり立って迫る彼ら、数十もの［轍］の同門は、しかしシャナと悠二の足止めどころか、速度を鈍らせることさえできなかった。突進を阻む全てを、二人は片っ端から叩き潰す。

同門らは、各々自認する〝探耽求究〟ダンタリオン教授の『一番弟子』たるの矜持から、また計画の掲げる『師』を迎えるという大目的から、誰一人逃げることなく叩き潰された。

そしてシャナは、その最後の一人、

「私を他の同門と――」

何事か言いかけたケレブスの三つ首を纏めて刎ね飛ばし、巨体を薙ぎ倒していた。

さらに悠二が、刎ね飛んだ三つ首が空中で燃え尽きる前に、

「はあっ!!」

素早く展開した『グランマティカ』で、それら老竹色の炎を捕らえる。箱状になった透明の煉瓦には、次々と自在式が移し込まれ、並べ立てられていった。頭上、今にも口を開けそうな環の分解に必要なパーツを拾い出すための、高速の解析作業である。

「急ぐ!」

「お願い――、うっ!?」

その背後に付こうとしたシャナ、すぐに悠二も、突如発生した突風に顔を顰める。

「な、なんだ!?」

ただの突風ではない、奇妙な違和感があった。

その根源は、まさに彼らの頭上――

アラストールは、世界法則の体現者としての怖気を覚え、叫ぶ。

「二人とも、近場の物に掴まれ!!」

「「!?」」

突然の叫びにも二人は従おうとするが、しかしもう、それは始まっていた。

空気だけでなく、濛々と上がる土砂、無数に舞う木の葉や枝、さらには見える全てを包括する一帯の空間までもが歪んで、ゆっくりとそこに引きずり込まれてゆく。

環の内に、無限の洞である両界の狭間が、暗い口を開けていた。

もはや作った者も、出迎える者もないまま、環は稼働を続ける。

膨大な数を集めて組み上げられた、行く先を定めない『狭間渡りの術』の塊である環は、構造の粗雑さゆえか、広大無辺の狭間と無造作に直結してしまっていた。

その結果、開いた口は、かつて創造神をも追逐した究極のやらいの刑『久遠の陥穽』の如き様で、一帯の空間までも狭間へと呑み込む作用を発生させていたのである。

「ぐっ！」

歪む空間自体が、悠二とシャナを痛打する。

「うあっ!!」

それでも悠二は拉げた鉄塔を強く掴み、かつシャナとより強く手を繋いでいた。まるで天地が逆転したような狭間への落下を、二人してなんとか堪える。

が、それも数秒、

　空間の歪みが、繋がれた手を、砕いた。

「が」

「あっ――」

　二人が離れた。離れて、遠ざかる。

　悠二は躊躇わなかった。自分も鉄塔から手を離した。

「シャナ!!」

「悠二!!」

　どちらも互いの名前だけを叫んで、危機を乗り越える力を得る。

　勢いを増して天へと落ちる中、シャナは砕かれた手の代わりと、

「――『真紅』!!」

　具現化させた炎の腕を、長く伸ばす。

　これを残った手で掴んだ悠二は、意識を研ぎ澄ませた。

（まだだ！）

　辺りに散らばり、共に呑み込まれつつあった『グランマティカ』を再び結集させ、環を分解するための解析を再開する。高速で切り替わる自在式を、一つ、また一つと試し続けた。

　シャナは悠二を強く抱き締め、背に燃やす紅蓮の双翼を全開にして落下に抗うが、それでも二人はジリジリと環の方へと引き擦られてゆく。周囲に、瓦や拳大の石が混じり始めた。

その、全てを呑み込む下方、あるいは彼方に、

（……っ）

シャナは、ふと誰かの気配を感じた――瞬間、

ビシッ！

と環の内に開いていた暗い口に、亀裂が入る。


（!!）

戦慄が途切れ、その裏返しの安堵が、フレイムヘイズの身に、どっと汗をかかせた。

呑み込む力が一気に弱まり、二人は逆さまだった姿勢を、クルリと元に戻す。

「ふう……なんとか、なったかな」

抱き締められていた悠二が、シャナとは真逆の、素直な安堵の吐息を漏らした。

その傍らには、解析によって得られた分解の自在式を込めた『グランマティカ』が、誇らしげに浮かんでいる。

自在法は稼働を停止し、やがて広がった亀裂が縁の環にまで到るや、外輪山をなぞるほどの威容全てが、呆気なく砕け散った。欠片は夜の闇へと溶け、消える。

いつしか晴れていた満天には、星が呑気に輝いていた。

紅蓮の双翼だけが、その中に異なる光を浮かべている。

かつて両界の狭間へと消えた『師』――〝探耽求究〟ダンタリオン教授を、新世界『無何有鏡』へと呼び込もうとした［轍］の計画は、その道具たる環諸共に潰え、決して大袈裟な表現とは言えないだろう、楽園の危機は去った。

全く、胸を撫で下ろすような勝利だった。

シャナは抱き締めていた少年を離すと、

「お疲れ様、悠二。アラストールも」

改めて正面から、顔と顔を向き合わせた。

悠二もアラストールも、どこか力の抜けた様子で、ゆるりと答える。

「こちらこそ、ってところだね」

「うむ。一時は肝を冷やしたが……ともあれ無事で何よりだ」

そんな二人の声を聞いて、シャナは安堵だけでは足りなくなった。無事で終わった嬉しさを表そうと、二人が驚くほど急に、腕の痛みにも構わず、もう一度悠二を抱き締めた。

「うん、良かった」


夜半の地震と突風の噂に騒がしい、しかし何事もなく迎えた、翌日の昼下がり。

早くも伴添町の外に向かって歩く、二人にして三人の姿があった。

悠二は、シャナのために残念がる。

「別に急ぐ旅じゃないんだし、もう一週間くらい学校生活を楽しんでても良かったのに」

隣に在るシャナは、頓着なく首を振った。

「ううん、いい。元々、悠二が来るまでの退屈凌ぎだったんだし。それに──」

「？」

「皆には『またね』って言ったから」

悲しむでも寂しがるでもない、転校を告げる彼女のあまりな眩さに、悠二は──窓の外からこっそり窺っていた──別れを惜しむ級友らと同じように、ほろ苦く笑っていた。

と、そこに、珍しくアラストールが口を挟む。

「そんなことより、シャナ」

「なに？」

「次からは『坂井シャナ』という名前はよせ」

その主張は、育ての父として大いに真剣なものだったが、

「んー、どうしようかな」

娘の方は、あらぬ方を向いて誤魔化した。

悠二は、自分に飛び火しそうな話題への対処を考えかけて、気付く。

「渾名じゃなく、本名として『シャナ』を名乗ったんだ？」

「うん」

シャナは平然と楽しげに、頷いてみせた。さらには坂道を上る軽やかさまで加えて、しかし決してふざけることなく、語り始める。

「ずっと悠二に考えさせてばかりだから……久しぶりに高校に潜入する、って決めたときに、私も少し、やり方を変えてみようと思った」

「やり方を」

「変える？」

悠二とアラストールによる、器用なバトンリレーの問いかけに、やはり軽く頷いて、

「うん。今までは色々と誤魔化して、真実が見えないようにしてきたでしょ？　その方が、なにも後に残さないから、って理由で」

「——！」

「……？」

悠二は察して、アラストールは分からない。

シャナは、答えを待たず続ける。

「でも、こうして私の真実を見せて、なにかを残しながら進んでいけば……いつか、そのおかしさに誰かが気付くかも知れない。おかしさを、誰かが追いかけるかも知れない」

「それは不都合——」

言いかけてアラストールも感じ取り、彼の感じ取ったものをシャナが声にする。

「そんな人を、少しずつでも増やしていく。私たち皆を、近付けていくために。それを、この新世界『無何有鏡』での、私なりのやり方にしよう、って決めたの。だから私は、これからどこに行っても『またね』って言うし、悠二の付けてくれた『シャナ』でいるつもり」

「……」

悠二は、少女からの福音に耳を傾けつつ、涙を堪えていた。

分かってもらえる、というのは、こんなにも嬉しいことなのか。

他には決していない、これほどの子が、自分の傍にいてくれる。

この子に応え、自分は自分の道を、迷うことなく進んでゆこう。

そんな諸々の想いがこみ上げて、とても声を返せなかった。

アラストールもそれ以上は問わず、歩みは町を出る峠、外輪山の頂へと到った。

下ってゆく道は遙か遠くまで延び、果ては山間に隠れている。

どこまでも続いて見えるこの道に終点があるのか、今はまだ分からない。

しかし、終点があろうとなかろうと、歩いた分だけは確実に進んでゆける。

その一歩一歩をこの皆で踏み出そう、この皆で進もう、と悠二は思っていた。

やがて、

アラストールが苦々しく、

「おおよその話は了解した。だが、せめて姓はカルメルかサントメールにしろ」

シャナが明るく朗らかに、

「そういえば、狭間が開いた後から、この『コルデー』に少しだけ反応がある」

悠二が考え考え披露して、

「連中が環に使ってた教授の式で、もしかしたら竜尾や『銀』が動かせるかも」

口々に語りながら、彼らは進んで行った。

どこまでも続く道を、確かに、一歩ずつ。

日々の想いを重ねながら、
果てなき歩みは続いてゆく。
今在る世界を、変える先へと。

勝負服

メロンパンをカリカリ食べながら、悠二は訊く。

「そういえば、シャナ」

メロンパンをモフモフ食べながら、シャナは答える。

「なに、悠二」

「今日の協議もその格好だったけど、なにか狙いでもあるの？」

悠二が言ったのは、シャナの制服のことである。

この新世界『無何有鏡』にはない御崎高校の制服を、シャナはわざわざヴィルヘルミナに複数着（夏服までも）仕立てさせている。単なるお気に入り、というわけでもなさそうなのは、今日のように重要な折衝で必ず着用してくることからも明らかだった。

「たしか前は、御崎高校を卒業するはずだった日まで着る、って言ってたよね」

今やその時節は、数年も前に過ぎ去っている。付き合いで学ランを着ていた悠二も、とうに普段着へと切り替えており、あの古めかしさに袖を通すこともない。

怪訝そうな悠二へと、シャナは制服を見せつけるように軽く手を広げ、

「うん、これは勝負服にするって決めた」

彼女には珍しい類の俗語を、堂々と言い放った（なお、教えたのはレベッカ）。

「勝負服、って……御崎高校の制服が？」

「私にとって『大事な勝負に挑むため気を引き締める服』は、これ以外にない」

「なるほど、言われてみればそうかも……」

彼女の言う大事な勝負を数多く挑まれた経験から、悠二は大いに得心した。したのだが、それでも敢えて言わずにはいられなかった。

「……でもさ、シャナ」

「？」

「協議に出るフレイムヘイズや〝徒〟たちが、君の制服を真似し始めてて……なんというか、その、僕には違和感があるというか」

深刻かつ重要な協議に居並ぶ厳めしい面々が、細部や男女の様式こそ違え、御崎高校の女子制服を、まるでフォーマルな衣装の如く着こなしつつある様は、悠二にとって大いにリアクションに困るところだった。

威風によって協議を様変わりさせた天罰神の契約者は、

「皆が真剣だって証拠でしょ」

そう言って、またメロンパンをモフッと食べた。

クイディティ

灼眼のシャナ

1　食堂にて

イタリアのジェノヴァ。

高い石造りの建物に挟まれたバルビの細道に、より細い、辛うじて人を入れる幅の路地が、ひっそり口を開けている。そこを数十歩ほど入った先に、小さな店があった。

走って通れば見逃すほどにさり気ない、壁に掛けられた簡素な看板には、同様に簡素な書体で『ピエトロの食堂』と記されている。さらによく見れば、

「どちらさまも大歓迎」

との小さな走り書きも添えられている。

食堂としては当たり前のようで、しかし見る者が見れば実に大胆な文言を掲げたこの店は、まさに今、その通りの来客を迎えていた。

「……ほう」

暖色の薄明かりが灯る店の、仕切りすらない一番奥のテーブルで、美女が仄かに笑う。ワイングラスに濃い赤を揺らして、傍らに立つ店主に切れ長の目を向けた。

「よく私の好みが分かったね。秩序派となっても情報収集の腕に衰えはない、といったところかい——〝珠漣の清韻〟センティア？」

テーブルに片肘をついた、やや物憂げな仕草には、どこか演技めいた妖しさがある。

センティアと呼ばれた店主の方は真逆で、薄明かりの中にも明快な大笑で返した。

「ハッハ！　たまたまだよ、たまたま」

野太い声と恰幅の良さが、いっそ見事とすら思える中年女性……というより『おばさん』と表現する方がピッタリ来る彼女は、手に持った銀のトレイをパタパタ振る。

「大体、そのワインが参謀閣下のお好みだと私が知ってる、なんてことになったら、飲んだ場所から仕入れ業者から、どんな足跡を辿られるか分かったもんじゃない」

だろう？　と剽げた仕草で肩を竦めても見せる。

「ウチの女ったらしなら、『麗しきヴェッラ・ドンナの唇と仕草に合わせただけ』とでも軽口を叩いただろうさ！」

その声に微か過ぎった寂寥を聞き流しつつ、世界最大級の〝紅世の徒〟の組織——［仮装舞踏会］の参謀〝逆理の裁者〟ベルペオルは遠回しに答え、

「お互い、この時勢に無駄な確執の種を蒔くことは避けたいいね」

驚いた風のセンティアに、軽く尋ねる。

「なんだい？」

「いやさ」

自身への可笑しみを交えて、センティアは首を振った。

ほんの数年前まで『ウチの女ったらし』こと契約者ピエトロ・モンテベルディと共に、世界最大級のフレイムヘイズの交通支援組織――『モンテベルディのコーロ』を主宰していた彼女は、感慨深げに言う。

「お互い、なんて言葉が〝逆理の裁者〟の口から出るほどには、時勢も変わったんだねぇ」

「でなければ、こんな恐ろしい協議の場は持たないよ」

「違いない！」

とかつての宿敵に同調して、再びの大笑。

「まあ、それこそまさしく、お互いに、ってやつだがね！」

応えるように、店のドアがゆっくりと開き、協議のもう一方が来訪する。

二人が目をやった先で、鮮烈な紅蓮が、店内の淡さを覆していた。

センティアが、数年前と見違えた堂々の英姿に目を細め、威勢良く声をかける。

「いらっしゃい！」

「うん、来た」

長い髪と両の瞳を紅蓮に煌めかせる小柄な、しかし圧倒的な存在感を振り撒く少女――フレイムヘイズ『炎髪灼眼の討ち手』シャナが、短く返した。

紅蓮の灼眼と金色の三眼が、鋭く緩く、視線をぶつけ合う。

新世界『無何有鏡』――〝存在の力〟に満ちた楽園は、創造の瞬間より平穏とは無縁なまま動き続けている。あるいは平穏など訪れないのかも知れない、それこそが世の理なのかも知れない、と気付く者らも出始めていた。

旧世界から移り来た古参の〝紅世の徒〟は、自分たちの理想郷で狼藉を働く新参に戸惑ったり叩き潰したり、全く予想外の状況に未だ忙殺されている。

新世界の創造に伴い大挙流入した新参の〝徒〟は、やはり未だその大半が、無制限に振るえる力を以て、初めて見る宝の山の中で大騒ぎを続けている。

かつてフレイムヘイズとして旧世界で戦い、契約者を失った〝紅世の王〟は、秩序派を名乗って両者の教導を目標に据え、様々の策動に勤しんでいる。

そして、旧世界の遺物と目されていたはずのフレイムヘイズ、強大なる〝紅世の王〟と契約した元・人間の異能者らは、いつしか己が奇妙な立ち位置に在ると気付かされていた。

本来、彼らは新世界で放埓な暴挙や事変を引き起こすだろう古参の抑止力となるつもりで後を追ってきた、そのはずだった。

しかし実際には、古参らはそれどころではなくなった。自分たち以上に放埓な新参、その大流入への対処に汲々として、創造直後の『混沌期』を過ごす羽目になったのである。

古参が営々と数千年、旧世界で築いてきた暗黙の規範は、新参には全く通じなかった。教え諭すなどという面倒な行為に古参は不慣れで、具体的な方策も持ち合わせていない。

新参という他者がしでかす行為の是非を、場当たり的に判ずる……それだけでも古参には一苦労だった。なにせ旧世界では、彼らこそが好き放題に暴れ回る側だったのだから。

戦えば大抵は場数の差で古参が勝った。しかし、人間社会を根底から覆しかねない新参の流入は、世の趨勢として延々続いた。切りも果ても見えない戦に彼らが倦み疲れた頃、

とある異端の流離い人が、彼らに指し示した。

示された方へと目を振り向けた彼らは、そこに忽然と発見した。

フレイムヘイズと、その情報交換および支援を行う、外界宿という組織を。

もちろん、フレイムヘイズも外界宿も新世界創造の時点から同行しており、目的は古参への協力などではない。むしろその逆だったのだが、現実として彼らは持ち合わせていた。

秩序を維持する側として、無軌道の輩と対峙する経験と方法を。

とある特別なフレイムヘイズは、新参との戦いの中で度々、それらの意義を古参に説いた。

当初は耳を貸す者もなかったが、機会を重ねる毎に、彼らの中で織り成されていった。

今や自身も秩序を維持する側に立たされている、という認識が。

当然のこと、古参の誰もがその認識に従ったりはしない。悪事を働き無道を行う者の数も多

い。しかし確かに、その認識は一つの見地・観念として、彼らの中に根付いていった。

そういう考え方もあるのか、という驚きにも似た感覚を帯びて。

かつて人喰いの怪物として世の陰に跋扈した〝紅世の徒〟は、そうする必要がなくなった、
という受動的な状態から、次なる一歩へと踏み出すための能動的な『気分』を持った。

ほんの僅かな、ただそれだけのことが、今、起きている。

外界宿、ひいてはフレイムヘイズと秩序派の〝紅世の王〟、
[仮装舞踏会]、ひいては多くの古参新参を併せた〝紅世の徒〟、
双方の情報共有を図る協議は、今のところ不定期かつ個人間の接触によってしか為されていない。それでも、旧世界の頃には考えられもしなかった頻度で行われている。
協議には両組織の重鎮、個人的な知己（ほぼ全てが年来の敵同士だった）が出向く、場は秩序派の〝王〟（中立と言うにはフレイムヘイズ側に寄りすぎているが、買って出る者は彼らの中にしかいなかった）が提供する、という不文律も、自然と成立していた。
そうして今日、
切っ先を突き付け合うような綱渡りを数十から積み重ねた上で、最重要人物同士による初の顔合わせが、遂に執り行われる運びとなったのである。

天罰神〝天壌の劫火〟アラストールの契約者、新世界創造の戦いや混沌期の乱において威名を轟かせた『炎髪灼眼の討ち手』シャナが、討滅者フレイムヘイズの代表として。

新世界『無何有鏡』を現に成さしめた創造神〝祭礼の蛇〟の眷属にして、全ての陰謀に手が届くと恐れられる参謀〝逆理の裁者〟ベルペオルが、[仮装舞踏会]の代表として。

顔合わせの場は、外界宿でもとりわけ超然と中立を保つスタンスで協議の成立に貢献してきた『ピエトロの食堂』店主、秩序派の〝珠漣の清韻〟センティアが提供している。

「なるほど、今回の議題はこいつらのことかい」

改めて出された酒肴には手を付けず、ベルペオルは渡された書類に目を通す。

「組織、と言えるかどうかも分からない『色盗人』ども……私も話だけは聞いているよ」

「あなたたち[仮装舞踏会]との関わりは？」

シャナの方も、対面に座るなり話を始めて、置かれたジュースには目もくれない。ベルペオルの韜晦を許さない姿態で、厳格に問い質した。

そんな炎髪灼眼の強面振りに動じた風もなく、ベルペオルは薄く笑う。

「もちろん、ないよ。ただ、捜索猟兵からは再三、警告が上げられている……名のある〝王〟を含め多数が襲われ、手口も分からぬまま突然、炎を奪われている、とね」

「……」

真偽を確かめるような沈黙にも、笑みの形は変わらない。

「宝具の力か、それとも固有の自在法か……連中、その奪った炎を継ぎ足して強化するらしいじゃないか。突然体の一部をもぎ取られた上に、己と同じ炎を纏う何者かが余所で暴れているなんて……傷が癒えたとしても、奪われた側にとっては気色の悪い話だよ」

「私たちも、別の色の炎を纏って強化するなんて、実際に見るまでは信じられなかった」

シャナも同様、相手の態度に感情を揺さぶられることなく、話を継ぐ。

「他人の炎を継ぎ足して強化された、つまり〝存在の力〟の統御限界を引き上げられた奴の起こす事件が、この半年で急に増えた。私たちが接触したのは三件で、捕らえる前に討滅してしまって、情報を聞き出せていない。外界宿で確認されたのは、全部で五十件ほど」

「やれやれ。よくもまあ、思いもよらぬ不調法の輩が、次から次へと現れるものだ」

ベルペオルは溜め息と共に、同席しているもう一人へと呆れ声を放る。

「炎の色は我ら〝紅世の徒〟にとって、侵すべからざる己が証だろうに。それを他人から奪い取って纏うとは、全く以て怪しからぬ話だと思わないかい、我らが〝紅世〟真正の天罰神〝天壌の劫火〟アラストール？」

「ふん」

シャナの胸元、黒い宝石に交差する金の輪を意匠したペンダント型の神器〝コキュートス〟から、言葉の内容と白々しい尊崇、双方に対する短い憤激が返された。

（新たな世界を創った一派の領袖が言うことか、ってところかな）

アラストールが声にしなかった部分を、シャナは正確に推し量る。彼は本来、"徒"の故郷たる"紅世"において世界の理を守ることを本義とする天罰神である。衆に求められるまま新たな理を生み出す創造神の眷属と、反りの合うはずもないのだった。

(でも、数少ない協議の機会を、こっちから壊すわけにもいかない)

という自分たちの立場をベルペオルも重々承知している、そもそも腹の探り合いや駆け引きに向いていない、ゆえにこそのからかい、と分かっていても自重するしかない。今の自分たちは、フレイムヘイズの代表として[仮装舞踏会]の代表との協議に臨んでいるのだから。

ただ、

(そう、分かってるけど)

という内心が、ムッとした表情に出てしまう。

その様を愉快げに眺めるベルペオルも、協議における心理的な優位を保つ以上に、雰囲気を悪くする気はない。早々に、かつ容易く請け合う。

「矜持は置いても、他者から力を奪って暴れる迷惑な連中であることに違いはない。うちでも捜索猟兵が追いかけているし、この件に関する情報の共有に異存はないよ」

「分かった。共有の方法はこれまで通り。そっちからは？」

訊かれて、少し考える風になったベルペオルは、

「そうさね。秩序派にも入らず、復讐に猛り狂う元・フレイムヘイズと契約した"王"への対

処。我ら［仮装舞踏会］による人工衛星使用の正式な容認。増加傾向にある［真なる神託］に関する情報。新参との大規模戦闘における観戦者の調整。交換した刑の量定試案の意見交換。細かいものだとその辺りだが……」

　スラスラと、ほんの一部を並べ立てた。個々の話題に対する相手の反応を窺う、その意図を敢えて見せつけつつ、最後に協議を揺らす一撃を付け足す。

「そういえば、『廻世の行者』坂井悠二は、どうしている？　今日の協議に来ると期待していた連中も、うちには結構いたのだが」

　シャナは表情を消すことで、この口撃を躱した。

「……来ない。この席には、フレイムヘイズが来るべきだから」

　未だその去就をフレイムヘイズや秩序派に恐れられている、あるいは疑われてすらいる、とある人物。外界宿に詳細な報告を上げざるを得ない協議の場で、彼の名を親しげに出されるのは、そのパートナーである少女にとって、非常に危ういことだった。

　しかし、

「それに、今日は他に用事もある」

「この協議以上に大事なことがあるのかね」

「ある」

　シャナは逆に、この話題を利用して反撃する。

「新世界に来てから初めて、ヴィルヘルミナに会う」

「ほう」

言ってから、ベルペオルは笑みに自嘲を加えた。敢えて露骨に仕掛けた不穏な座興を、より興味を引かれる話題で塗り替えられてしまった。話術としては一本取られた体である。

同様に判定したらしいセンティアが、愉快げに弛む口元を拳で隠した。

その明るさに当てられ、ベルペオルも純粋な興味だけで尋ねる。

「ということは、『両界の嗣子』とも会うのかね」

「まだ会えない」

「彼奴は依然、ヴィルヘルミナ・カルメルの信用獲得には至っておらぬ」

シャナとアラストールは、そう明確に宣言することで、自分たちも要注意人物に対する警戒を怠っていない、という姿勢をフレイムヘイズや外界宿の側に示す。

意図を汲み取ったセンティアが呵々と笑い、

「ハッハ！『無何有鏡』創造から何年経ってるんだい？　機略縦横を以て世に鳴る『廻世の行者』も、傍らの人間関係には不器用なんだねえ」

「いかなる賢哲であっても、近しき者ほどままならぬものだよ」

深刻な含みを添えて、ベルペオルが付け加えた。

なぜか自分が恥ずかしくなったシャナは、出されたジュースに手を伸ばす。すっかりぬるくなったそれは、あまり美味しくない。また、ムッとした顔になってしまった。

2　賢者の課題

　小さくは、脆弱な存在を引き摺って戦いの渦中に身を投じたり、ハッタリだけで最強の〝紅世の王〟相手に時間を稼いだり。大きくは、二つの世界の命運を決める史上空前の一戦に挑んだり、人類社会を崩壊に追い込む絶体絶命の危機を眼前にしたり。

「……」

「……」

　度胸を試される機会は何度となくあったが、それでも『廻世の行者』坂井悠二にとって、『万条の仕手』ヴィルヘルミナ・カルメルとの会談には、特別な緊張感があった。

　二人は、日本の一地方都市――「悠二に配慮とかしたわけじゃない。ヴィルヘルミナが気に入ってるだけだから、態度が軟化した、なんて期待はしちゃダメ」と念を押された――の、通りに面したオープンカフェで、向かい合っている。

　悠二は、初夏の軽めな装いに、不釣り合いな黒いマフラー。

　ヴィルヘルミナは、新世界でも同じヘッドドレスに給仕服。

空のカップを挟んだ二人は、いずれも格好の違和感や奇抜さへのおかしみこそあれ、その身に纏った異様に大きな存在感が、余人の関わりを無言の内に拒んでいる。もっとも、通りには人も車も疎らで、会談の雰囲気を悪くするものは元より存在しない。

悠二が持ってきた報告書に目を通しているヴィルヘルミナの、敵意以外は。

「……」

「………」

悠二は、一見無表情に見える彼女から滲み出る、というより溢れ出す、殺気寸前のそれに肌を炙られるような居心地の悪さで、全身を強張らせていた。

(いい加減、敵視するのだけでも止めて欲しい、ってのはムシのいいお願いなんだろうな)

自分が犯した諸々の罪業を思えば、数年の奮闘など塵芥に等しいだろう。なにより贖い得るようなものでもない。自分を許してくれる少女と共に在ることで、その認識に弛みが生じないよう、改めて心を引き締める。

(僕にあくまで厳しく当たってくれるカルメルさんも、それはそれで有り難い存在だ……と、思うことにしよう、うん)

有り難さと居心地の悪さは表裏一体のもの、針の筵に五体投地するような今の状況も、甘んじて受け容れる心持ちの悠二である。

と、全て読み終わった書類を、もう一度トントンと卓上で揃えてから置いたヴィルヘルミナ

が、徐に口を開く。溢れ出す敵意そのままの、剣呑な声色で。

「そちらの動きについては、大凡了解したのであります。今後も外界宿や秩序派と距離を取ることは、貴方たちの立場を、〝徒〟を含む衆に知らしめる上で」

「妥当判断」

続けて、ヘッドドレスからヴィルヘルミナと契約する〝紅世の王〟、〝夢幻の冠帯〟ティアマトーが短く告げた。彼女の方は、契約者とは桁違いに内心を測り辛い。

「そ、そうですか。良かっ――」

出だしの好感触に微か安堵した悠二に、

「ただし」

やはりそう甘くはない駄目出しが突き付けられる。

「その外界宿や秩序派の複数筋から、良からぬ噂も多々漏れ聞いているのでありますが……貴方からなにか、釈明することは？」

「良からぬ噂、というと？」

悠二が思わず問い返してしまったのは、心当たりがないからではなく、むしろ彼女が問題視しそうなことを山ほど抱えているためである。もちろん言及はしない。

そしてもちろん、ヴィルヘルミナもその辺りのことはお見通しである。

実際に口にしたのはティアマトーの方で、まさに核心を突く一言。

「[マカベアの兄弟]」

なるほどそれですか、という言葉を呑み込んで、悠二は一応確認する。

「もしかして、[真なる神託]のこと、ですか？」

頷いて、ヴィルヘルミナは睨む視線をより険しくした。


ほんの少し前まで、フレイムヘイズ〝徒〟を問わず忌み嫌われた、新参の集団がいた。冠した名を[マカベアの兄弟]といい、行動の源泉は偽の神託であり、掲げた信条は殺人だった。彼らは、新世界で何事かを成したい、という新参の持つ情熱と欲求を、最も野放図、かつ非道な形で表出させた集団だった。

それが、ある日を境に、全く容易に瓦解した。

彼らの内に[真なる神託]なる一派が出現し、全体の行動原理を丸ごと塗り替えてしまったのだった。動きの当初には激しい戦いを伴う内紛も起きたが、彼らは元来、志操に確たる根を持たない、軽挙妄動の集団である。性質的に、より熱狂に駆られ、かつ揺るぎない根を得た一派に抗し得るはずもなかった。

揺るぎない根というのが一派の名称そのもの——真なる神の託宣であれば尚更だった。

彼らに宣した真なる神とは他でもない、シャナと契約してその内に在る〝紅世〟真正の天罰神〝天壌の劫火〟アラストールのことである。［マカベアの兄弟］の集会に乗り込んだシャナとアラストールが無法への警告を堂々言い渡した、それを彼らは［真なる神託］と呼び、奉ずべき新たな題目として掲げたのである。


二人による警告の内容は、特段珍しいものではない。曰く——「心せよ。殺戮の咎ある身に、天罰の必ず下らんことを」——全く単純な、殺人者を掣肘せんがための文言だった。

だった……のだが、彼らはそれを、自分たちのために下された神託、と受け取った。結果、それまでの彼らを知る者からすれば辟易する、あるいは呆れ果てる状況が現出した。

即ち、彼ら［真なる神託］は、他の〝徒〟による殺人を止めるべく動きだしたのである。

まずは言葉で説得し、聞く耳を持たない不埒者は（大概はそうなった）腕尽くで止める。

この今も、元・殺人者らは、本当に欲しかった揺るぎない大義を掲げ、励み続けている。

新参も古参も、フレイムヘイズも秩序派の〝王〟も、この奇怪な成り行きと俄な変心にどう応対すべきか分からず、戸惑いながら遠巻きに眺めるばかりだった。


ヴィルヘルミナは、シャナとアラストール、そして坂井悠二が、この怪しい輩と関わりを持っている、さらに悪いものだと裏で糸を引いている、という噂話を、接触するフレイムヘイズや秩序派の〝王〟から幾度となく聞かされていたのだった。

彼女としては、手塩にかけて育て上げた『炎髪灼眼の討ち手』が、フレイムヘイズとしての資質すら問われかねない立場にあることが我慢できないのだろう。

（僕がシャナを唆してそんな立場に追いやったに違いない、とか思ってるんだろうな）

付き合いもそこそこ長くなった悠二は、彼女の内心を正確に察することが出来るようになっている。だからといって関係を修復、以前に構築する妙手は一向に思いつかないのだが。

（元々、僕はそういうのは苦手だし……いや、そうやって諦めてたらいつまで経っても……）

ちなみに［マカベアの兄弟］に警告を発するよう、シャナとアラストールに提案したのは悠二なので、彼女の懸念と批難は全く正当なものである。

「あのような輩と連む者が、他者の信用を得られると思っているのでありますか」

殺人嗜好者という前歴だけでも問答無用の破落戸だというのに、容易に、真逆に、変節しているのだから、確かに［真なる神託］が信用などされるわけもない。

分かっているが、それでも悠二としては思うところがある。

「僕への信用はともかく、シャナは今度のベルペオルとの会談でも外界宿や秩序派サイドの代表に選ばれているじゃないですか。心配するほど影響があるとは――」

「その外界宿や秩序派に、彼女を代表とすることに反対する者がいる、という情報に関連して、件の組織にまつわる噂を聞いたのであります」

他者からの悪意を日常的に浴びることで、逆にその影響力を過小に見積もっている『廻世の行者』を、ヴィルヘルミナはぴしゃりと窘める。

「彼女が選ばれたのは、失うわけにはいかない外界宿の首班や重鎮ではない、かつ万一の際にも切り抜けられる実力を持つ……つまりは、かの〝逆理の裁者〟との会談に丁度良い大物だったから、それだけのことであります」

「……はい」

悠二は力なく返した。自分でも分かっている程度の言い訳は、やはり百戦錬磨のフレイムヘイズには通じない。彼女はシャナを厚く信頼しているが、妄信はしていないのである。

「まあ、しかし」

と、らしくない曖昧な言葉で、ヴィルヘルミナは続けた。

「事毎に意味や算段を見出す貴方のこと、彼の者どもと関わっているとの噂にも、何らかの狙いがあるのでありましょう？」

「白状」

（言い方はともかく、評価はしてくれて……いるんだよな？）

ほろ苦さを覚えつつも、悠二は促された通りに白状する。

「ええと、どこから話せばいいのかな……そうだ、きっかけは［真なる神託］が成立してすぐで、当時は〝王子〟とか自称してた連中が、僕らに接触してきたんです。確か『殺すことの、死ぬことの、戒めを抱きし我ら』とかなんとか言ってたっけ」

シャナとアラストールが、彼らの行為が持つ意味を察した途端、手に持ったメロンパンを隠し、大仰に振る舞い始めた光景を思い出して、危うく笑いがこみ上げた。

「その時は、アラストールが殺人を止めたことを誉めて、シャナがそれを行き会う〝徒〟に広めろと命令して、僕は……軋轢を生むだけの〝王子〟って称号を止めさせたのと、後は連絡網を作る具体的な方法を教えたくらいですね」

いざ語り始めると、なんということもなく恐るべき事実がずらずらと並ぶ。

ヴィルヘルミナとティアマトーは、密かに戦慄していた。

実のところ二人とも噂は噂、彼らが本当に、あんな怪しい手合いに深く関わっているとは思っていなかったのである。それが、言葉を濁すどころか簡単に白状、というより報告を始めた。

(はて……その不用意な行為が齎す悪印象に気付けない愚物ではなかったはず)

(奇妙)

無表情の奥で怪訝に思われていると気付かない悠二は、

「僕も他人のことは言えないんで、あまり彼らのことを無下にも扱えなくて」

暗さを引き摺る自省で、ようやく素の柔らかさを覗かせる。

「それに、そういう感情を抜きにしても、彼ら［真なる神託］の行為については、色々と考えさせられることもあったり……」

「と、いうと？」

ヴィルヘルミナは様子を窺うべく、先を促した。

悠二も探り探り、自分の意見を整理してゆく。

「[マカベアの兄弟]にとっての殺人という行為は、言い方は悪いんですが……この〝存在の力〟に満ちた『無何有鏡』に顕現した新参が、とりあえず自分にも簡単にできる刺激的な行為の一つ、つまりはたまたま選んだものでしかなかった」

言葉通り、全く以て悪い言い方である。

ヴィルヘルミナの無表情が、ほんの僅か不快の方向に傾いた。

「彼らが、あっさり殺人を捨てて宗旨替えできたのも、そのたまたまでやってたことに執着がなかったせいなんじゃないか、と思うんです。僕らの生まれた世界——」

と、悠二は旧世界を表現する。

「——で顕現した古参たちは、力を得るために人間を喰らわねばならない、使えば使っただけ力が減る、って法則があったから、無闇に暴れるだけの奴は少数派だった。むしろ戦いなんて二の次で、楽しみを満喫するため、揉め事は可能な限り避けようとしていた……ですよね？」

「肯定」

ティアマトーは、かなり〝徒〟側に傾いている相手の見方には触れず、短く認めた。

悠二も頷き返して、少し周りに目線をやる。

創造神が〝紅世の徒〟の願いに応えて生み出した新世界が、そこに在る。

「でも、この『無何有鏡(ザナドゥ)』は、最初から〝存在の力〟に満ちている……新参は誰(だれ)も、自分が力を使うことの理屈(りくつ)や意味を、立ち止まって考えたりはしないんです」

「ふむ……確かに、人間社会への過度な鈍感(どんかん)さ、さらに言えば軽視は新参の特徴(とくちょう)、古参と衝突(しょうとつ)する最も大きな要因として、挙げられてはいるのであります」

ヴィルヘルミナも外界宿(アウトロー)も同様の分析(ぶんせき)はしていたが、悪行を犯(おか)した古参への斟酌(しんしゃく)にも繋(つな)がりかねない結論は、心情的には容易に受(う)け容(い)れ難(がた)いものであり、ことさら語り合って思索(しさく)を深める段階にまで至っていない。

その意味では成(な)る程(ほど)、いずれにも属さない中立を標榜(ひょうぼう)する『廻世(かいせい)の行者(ぎょうじゃ)』坂井(さかい)悠二は、状況(じょうきょう)を平明に眺(なが)め、他者と語らい、共に考えるに相応(ふさわ)しい存在と言えた。

(己(おの)が存在の意義を、このような形で示すとは……万が一と備えていた褒賞も、どうやら無駄(むだ)にはならなかったようでありますな)

(渋々(しぶしぶ)許可)

ヴィルヘルミナとティアマトーは共に不承不承、内心で確かめ合う。

悠二は未(いま)だ周りの景色、どこにでもある平凡(へいぼん)な街並みに、疎(まば)らに行(い)き交(か)う人々に、多くが住まう新世界『無何有鏡(ザナドゥ)』に、目を向けていた。

「そんな彼らが、他に誇(ほこ)ることのできる目的を得た。たとえ調子の良(い)い、いつ翻(ひるがえ)るとも知れない気紛(きまぐ)れであっても……たとえ偶然(ぐうぜん)生まれた、出来合いの思想であっても……まず、今在る場所を見つめ直す一歩として、踏み出させたい」

それに、と付け加える。

「実際に彼らと接して、近くで行いを見て感じたんですが、恐ろしいことに〝紅世の徒〟は、その気になりさえすれば無償の奉仕に、無制限に尽力できるんです」

ようやく目線を正面に戻した悠二は、あくまで静かに、ヴィルヘルミナへと宣言する。

「それが彼らにとって良いことなのか、もし他にできることがあるなら、どう見つけさせればよいのか……この新世界創造に力を貸した責任からも、じっくり考えていくつもりです」

「……」

「……」

フレイムヘイズ『万条の仕手』は、目の前に座っている人物を、まじまじと凝視していた。旧世界での騒がしい日々、僅か見かけた混沌期の戦場、いずれにおいても、この泰然とした明け透けさには覚えがなかった。彼女らの知る『脅威を伴う悪謀家』と異なるそれが一体どういう類のものか、分からないまま二人は、

「……あのお方に、迷惑だけはかけないように」

「……日々精励」

どうにも決まらない、当たり障りのない言葉で返すしかなかった。

3　楽園の住人

　アメリカ合衆国北東の荒野、赤茶けた夕暮れの奥に、ゴーストタウンが佇んでいる。

　ほんの百年前まで、複数路線の結節点として万に迫る人口を抱えていたその街は、今や新路線の開通によって全ての栄養源を奪われた、痩せ枯れの古跡に過ぎなかった。

　ただし、それは人間にとっての話である。

「こいつは炎弾の戦闘騒音だ。やはり来ているぞ、東の谷だ」

「ちっ、斥候は警戒だけしていれば良いものを……先走りやがって」

　現在、この街には百近くの〝紅世の徒〟が潜み、遂に訪れた決戦へと臨みつつあった。寂れた街を無秩序に取り囲む、朽ちた倉庫群の方々で、大小の声が交わされる。

「だが、これでようやく、まともにやり合えるというわけだ」

「ああ。少数であれば、押し包んで片付ければ良し。もし仮に軍勢であっても、我々の側がこれだけの数を揃えている。それに、あの首領もいるんだ。勝ちは動かんよ」

「俺たちを脅かしてくれた礼を、たっぷり返してやるぜ」

言わずもがなの好戦的な会話は、どこか響きも空々しい。状況を全く摑めないまま本拠地に立て籠もっている、という窮状が、彼らに無意識の狼狽を帯びさせていた。

「で、敵ってのはなんだ？　フレイムヘイズとかいう連中か？」

「まだ見えないわ。なにをするにもクドクド煩い、古参どもの組織かも」

「言葉に気を付けろ、新参。同輩にも我ら古参は多いのだぞ」

彼ら、自称するところの組織名すらない一団、他称されるところの『色盗人』らは、この数週間、不安と焦燥に苛まれる日々を過ごしている。

全員に共通の、のっぴきならない、いやなものを感じたことで、彼らは潮の引くように、この本拠地へと集結させられていた。そうして、敵が来る、なにかが起きる、と身構えて待つこと半月ほど、ようやっと遅ればせの、敵の襲来という異常事態が起きたのだった。

なにも分からないまま荒野の果てで逼塞するより、相手がなんであれ戦う方がマシというもの……彼らの誰もが同じ考えで、とにかく早く事態を動かしたい、と切望していた。幸いにして全員、腕っ節にだけは自信がある。

「結局、ここまで追ってきたってわけだ」

「どこかのマヌケがつけられたらしいな。この『桃源』まで敵を呼び込んじまうとは」

「ふん」

開戦の空気に滾りきった一人が、せせら笑うや、人化を解いた。

「敵の正体も、どいつがつけられようと、今さらどうでもいい話だ。殺せ！　そのために首領から与えられた『隠羽織』だ!!」

蒸栗色の炎を全身に散らして現れたのは、幾重にも甲羅を重ねた、巨大な亀。それは微かな震えの後、先と異なる似紫色の炎を全身から噴出させた。炎の消えた後には、一回り巨大、かつ重厚になった体軀が現れる。口からも同じ、似紫色の炎塊を零しながら、牙を鳴らす。

「やるぞ」

言われて、そこにいた全員が同じく、人化を解いた。

やはり二度目の炎を纏って、それぞれが体をより大きく、刃をより鋭く、中には一部分だけ大きくなる等、特異な変身を行う。凶暴さを隠そうともしない、怪物の群れと化した彼らは、倉庫の屋根越しに東方を見やった。

今や騒音だけではなく黒煙まで上がっている、その方角には、赤錆びた鉄道路線を通す狭い渓谷がある。そのV字に切り立った出口付近に、小さな影が現れた。

人間大の、それもたった一人。

拍子抜けした彼らが、互いの嘲笑と安堵を見合う、
その一瞬の間に異変が起きた。

「なんだ」

と誰かが漏らしたように、全く意味不明な光景だった。

人影を中心に、地面へと銀色のなにかが広がったのである。それは地平線を波立たせるようにジワリジワリと蠢いて、突如三十ほどの塔としてそそり立った。

「⁉」

バラバラと、どうやら板金鎧らしきものが薄皮として剝がれ落ちた後に残された、塔と見紛った存在の正体に気付いた一人が、ヒッと息を吞み、次いで絶叫する。

「り、〝燐子〟砲兵だ‼」

「なっ⁉」

「それって、まさか［仮装──］」

悠長に話す間に、三十からのそれらが一斉に砲火を閃かせる。

地平に迫る宵闇が溢れたかのような、異様な漆黒の光だった。

音が遅れて届く頃には、大破壊力が彼らの頭上に降りかかっていた。慌てる暇すら与えられない。全ての色を塗り潰す黒い爆炎は、倉庫群どころか地面までを一気に抉り取って、廃墟の東方は呆気なく壊滅した。

緋色の衣を引く凱甲に身を固めた人影──『廻世の行者』坂井悠二は、その光景を眺めながら、歩みを進めてゆく。特段の闘志も狂熱も見せることはない、平然とした面持ちで。

手を軽く振り上げると、周囲にそそり立っていた〝燐子〟の砲列が、再び地獄の亡者の如く無数湧き上がった銀色の『暴君』に吞まれ、影の中へと沈んでいった。

悠二は足下で縮む影に目を落としつつ、

（さすが、ハボリムの部下は良い仕事するな……『無何有鏡』なら維持する〝存在の力〟には困らないし、大事に使えば長持ちしそうだ）

次に行き会うまでに操典やら要務令やら、諸々のレポートを纏める課題と引き替えに譲り受けただけの価値はあった、と強いて納得しようと試みる。

ふう、と溜め息を吐いた、

「！」

その数歩先で、炎弾が炸裂する。

外れた、と判断した悠二の思考の隙を突くように、炎弾の残り火が自在式と化して、血みどろの狼の如き〝徒〟を転移させていた。半ばから折れた鉤爪が、躱す間もなく奔る。

が、

「へえ」

鈍い破砕音を伴って、その鉤爪は簡単に弾かれ、砕かれた。

瞬時、鞭の走るように振るわれたのは、悠二の後ろ髪が変じた漆黒の竜尾である。

「炎弾を自在式に変換できるのか、便利だな」

爪を砕かれ体を泳がせた〝徒〟は、なにが起こったのか把握する前に、悠二が軽く払った大剣『吸血鬼』の一撃で、腹から両断されていた。纏った方の炎が飛び散って、消える。

「さて、諸々の試験と初っ端の脅しも済んだし……ここからはちゃんと、逃げられない程度に与し易い囮を演じながら、降伏を勧めて回らないと」

既に地面を抉るほどの大破壊を振り撒いた跡で、呑気な呟きが漏れた。

ゴーストタウンの中央に、駅舎と街役場を兼ねた褐色の石造りからなる大型建造物が聳えている。かつての繁華を偲ばせる豪壮重厚の様式も、しかし今や百年の風雨に寂れ果て、哀感を強調する用を為すのみである。

その屋内に設けられた広い大通路を、様々な生地を継ぎ接ぎしたコートを纏った青年……と見える存在が、倒けつ転びつ走っていた。整ってはいるが印象の薄い面つきは、動揺と憔悴で窶れ果てていた。荒い吐息に混ぜて、無意識の言葉が漏れている。

「なぜだ。なぜこんなことに」

この青年こそ、最果ての地に隠れ潜み、自らが織り成す安楽の夢を弄んでいた古参の〝紅世の王〟にして『色盗人』の首領〝踉蹌の梢〟バロメッツだった。

「ほんの少し前までは、なにもかも、なにもかも上手く行っていたじゃないか!!」

驚愕も悲嘆も通り越した、状況への難詰が口を衝いて出る。

この数十分で、彼が今まで築き上げてきたものが、全て打ち壊されていた。

世界中に罠の自在法『啖牙の種』を植え、引っかかった者から一部を剝ぎ取り、それを基に作った『隠羽織』を支配の軛として分け与えることで下僕とし、その下僕にさらなる『啖牙の種』を植えさせて数を増やし、やがて世界各地の組織内へとじっくり侵食の根を張り、遂にはこの『桃源』に居ながら全てに通じる存在となる――。

そんな、これから彼が築き上げようとしたものが、全て打ち壊されていた。

「せっかく、せっかくこの新世界で、私にも運が向いてきたというのに、なぜ――」

逃げ道を求めて上げた視線が、不意に一つの影を射止めていた。

否、影ならぬ光――自ら煌めく存在を射止めて、足が止まった。

紅蓮に、煌めく存在を。

それは大通路の終端、崩落した壁の代わりに、立ち塞がっている。

それは、暮れ泥む夕日を背に、不破の壁として立ち塞がっている。

抜き放った刃を、手に。

「――え、『炎髪灼眼の、討ち手』だと」

逃れ得ないものに捉えられた直感に全身を震わせながら、

「馬鹿な、そんな馬鹿な！」

それでもバロメッツは、眼前の現実を拒むように叫んでいた。

「たとえ天罰神の契約者であろうと、私の『桃源』に立ち入ることなど、できるわけがないはずだ!!　なぜそこにいる!?　なぜ『啖牙の種』に喰われていない!?」

　対して現実は、容赦なく非情さを突き付ける。

「周囲一帯に仕掛けてあった自在法のことなら、私たちには効かない」

「へ、はぁ!?」

　間抜けな返事には構わず、『炎髪灼眼の討ち手』シャナは、小細工が取り柄の自在師に、細工の種が割れている、と示すことで戦意の消沈を試みる。

「おまえたち『色盗人』の手口は、不意打ちで炎を奪うこと。なら、本拠地の周りには当然、それを引き起こす仕掛けを防衛に使っているはず。そこまで分かっていれば、後は探って見つけるだけ。見つけた自在法は、同行している『廻世の行者』が構成を解明して――」

（結構、手こずってたけどね）

　という実情は当然、脅す相手には言わない。

「――こうやって、自在法『グランマティカ』で反応を無効化するだけ」

　シャナは大太刀『贄殿遮那』を握っていない方の手首を、軽く持ち上げた。そこには、細かな煉瓦模様を輝かせる自在法らしきものが、バングルのように巻き付いている。

「転移の変種、というだけの自在法を、ここまで練り上げたことは賞賛に値しよう」

　その胸に首飾りとして下がる神器〝コキュートス〟から〝天壌の劫火〟アラストールが、厳正なる天罰神として率直に手腕を評価し、

「が、それを用いて行ったのが、他者の炎を盗んで分け与える醜行では、な」

そしてやはり、天罰神として容赦なく咎を断じた。

「在り、得ない……私の、私の『啖牙の種』が、そんな簡単に見つかるわけが、ない」

自在師としての矜持が、バロメッツに辛うじての抗弁を絞り出させる。

彼が莫大な〝存在の力〟と膨大な時間をかけて編み出した『啖牙の種』は、指先大の種と見える、特殊な隠蔽と潜伏を特性とする自在法だった。

種は、地面に植えられると周囲の植物を宿主として実体を得る。

寄生した一帯の植物をとある条件に反応する検知器へと変質させる。

以上の作業で、込められた〝存在の力〟を使い果たした種は休眠に入る。

これらプロセスを経ることで、種は通常の植物と何ら変わりのない存在となる。そして、反応のとある条件とは他でもない、意思総体を伴う〝存在の力〟――即ち〝徒〟やフレイムヘイズが効果範囲内に侵入すること、だった。

反応した瞬間、種は引っかかった者の〝存在の力〟を吸収して起動、その一部ごと無理矢理に、本体であるバロメッツの許へと転移する、という仕組みである。

一旦仕掛けてしまえば、通常の植物と同化して容易に見分けもつかない、発見の極めて難しい凶悪な罠。いわば自在法による虎挟み、あるいは地雷なのだった。

バロメッツは根拠地『桃源』の周囲に、まさに地雷原の如く無数、これを仕掛けている。事もなげな侵入者の登場を認められないのは無理からぬ話と言えた。

　が、その矜持の全ても、

「私の『審判』は自在法そのものを看破する」

　という一言で、あっさり崩れ去った。

　シャナの用いる自在法、天罰神の眼たる『審判』は、どれだけ高度な隠蔽であろうと関係ない、自在法の存在と仕組みを見通すのである。

　かつん、と一歩が踏み出される。

　まさに審判の下る時が迫るように。

　シャナは淡々と、罪状を読み上げる。

「おまえ自身は把握された限り、新世界では誰も殺していない。だから、強いて討滅するとは言わない」

　そう、実のところバロメッツ自身は『啖牙の種』によって誰も殺していなかった。被害者が力の一部をもぎ取られたこと、もぎ取った力を『色盗人』一党が使って暴れていること、双方が無視できないほどに増えたこと、それらが問題なのだった。

　ゆえにシャナは懲罰ではなく、制止の勧告を行い、

「この『色盗人』を止める、と誓えば、手下の始末だけで許される可能性は大きい」

　しかしバロメッツは、決してこれを呑めなかった。

「……嫌だ」

人を喰らうというリスクを冒さなければ〝存在の力〟を得られない旧世界で、息を潜めて生きる半端な自在師に過ぎなかった彼は、もう知ってしまったのである。

「あれだけの数の『啖牙の種』を生成するために、世界中にばら蒔くまでに、下僕どもに『隠羽織』を植え付けることに、どれだけの労力を費やしたと思っている……この〝存在の力〟に満ち溢れた楽園『無何有鏡』で、やっと、やっと私は自分を摑めたんだ」

他者に影響を及ぼす快感、
思いのままに支配する喜悦、
大きな力を振るうことの愉絶、
そして、

「私はここで――好きなように生きたいんだ!!」

強い、と感じた自分への陶酔を。

引きつけるように、しがみつくように、バロメッツは自身の纏った継ぎ接ぎのコートを抱き締めた。瞬間、その継ぎ目から色とりどりの炎が噴出する。

「この力があれば、もう誰も、誰も私を脅かせない!!　私は『無敵』になれる!!」

炎は決して混ざらず、斑となって渦巻き、青年を呑み込んで膨れあがる。それは、膨大な力を宿した様々の色彩が、何らかの形態の一部として集まり、しかし互いの均衡を完全に欠落させた、極彩色のキメラだった。

「私の『咬牙の種』は、私の『隠羽織』は、忠実な下僕を作り続け、私を安寧の内に守り続ける！　私はこの『桃源』に居ながら、ここまでの強さと軍団を手に入れた！　たとえ伝説のフレイムヘイズが相手だろうと負けるものか!!」

他者の〝存在の力〟の吸収・利用は〝踉蹌の梢〟バロメッツ固有の特性である。彼はこの、即応性に乏しく新世界では無意味なはずの特性に、全く異なる用法を見出した。

一つは、他者の〝存在の力〟によって起動する罠の自在法『咬牙の種』であり、
もう一つが、株分けした分身を存在に寄生させ、強化を行う『隠羽織』である。

彼は『咬牙の種』でもぎ取った一部分を吸収せず、保存した状態のまま自他の存在に根付かせることで〝存在の力〟の統御限界を継ぎ足す方法を編み出したのだった。

寄生とは擬似的な同化であることから、施術には相手の同意を必要としたが、一旦寄生させてしまえば、分身となったそれは本体に対し強烈な帰属意識を抱く。元よりバロメッツは無名であり、対象者に決して自分たちや本拠地の情報を漏らさぬよう命じてもいたため、実態を把握されることもなく、『隠羽織』による支配の浸透と拡大は急速に進んだ。

安直な力の獲得に貪欲な『半端な強者』ほど、名のある〝王〟の力を得る、という誘惑に容易く屈した。そうして無自覚な走狗と化し、さらなる浸透と拡大に手を貸す……。

このサイクルは、永遠に回り続け、膨らみ続けるはずだった。

今の、もぎ取った無数の力を纏い身を守る、彼の姿のように。

「見ろ、私が統御し得る〝存在の力〟の圧倒的な量を!!　これこそ新世界が私に与えてくれ」

た、の言葉尻が、巨大な炎の塊による物理的な衝撃で途切れた。

極彩色のキメラが、大通路の床と壁を削りながら吹っ飛ぶ。巨体はそのまま外へと突き抜け、熟した果実の墜ちるように地へと叩き付けられた。燻る煙に、苦悶の呻きが混じる。

「う、ぐうぁ……」

「おまえの統御限界なんか、欠片を幾ら継ぎ足したところで、たかが知れてる」

断罪者の歩みが、先と変わらない声音を連れて、再び踏み出された。

その一歩は、先とは比較にならない巨重を伴って、大地を踏み砕く。

「その程度の量じゃ〝千変〟や〝壊刃〟ら強者と比べるまでもない。無論、私とも」

「なに、を……、──」

力を揺らすキメラの中から、自分を殴ったものをバロメッツは見返し、

「──ッ」

眼前に在るそれを把握しきれず、視線をさらに上へ、上へと、仰いだ。

そうして、自失に声すら失う。

暮れた荒野で、夜明けを至近に見るが如く、紅蓮を渦巻かせて聳え立つそれ、は、漆黒の塊を奥に秘め、灼熱の衣たる炎を纏う──天罰神〝天壌の劫火〟アラストールの疑似神体だった。

真に圧倒的な存在に呑まれ、身動ぎもできないバロメッツに、

「降伏を勧めるよ」

彼を挟む背後から、『廻世の行者』坂井悠二が、最後通牒を突き付ける。

「もう、君の他には誰もいない」

「他に、誰も……馬鹿な……あれだけの数の、強者ども、が……？」

愕然とした呟きを手がかりに、

「どうしてここを、僕らが突き止めたか教えようか」

恐ろしいまでに平静な表情の悠二は、相手の心をこじ開けにかかる。

「君の手下は、脅しても情報を吐かない。だから、君の自在法……『隠羽織』だっけ？　それが『誰かの介在によって〝存在の力〟の統御限界を継ぎ足しているものだ』って、シャナが見抜いたときに、その構成に干渉することを思いついたんだ」

「……ッ」

反発の気配に、敢えて悠二は容易く屈した。

「そう、ほんの少し揺らいだだけで、解けはしなかったよ。でも、それで十分だったんだ。彼らは自分の拠って立つ力に不安を感じた途端、迷わず本体の許へ帰ることを選んだ」

「!!」

「本人たちに、どこまで自覚があったかは分からないけど、揺らぎを仕掛けた全員が、同じ反

応だった。僕らは、それを追跡してきただけだ」

「だから、か……だから要領を得ない、敵が来る、という報告しか……」

自分の見立ての正しさに、悠二は軽く頷く。

「強さを誇示する連中が、なんとなく不安になって帰ってきました、とは言わないだろうね。追跡させた手の者を何度か見られたせいで、襲撃を警戒してたようだけど、それはそれで、君らの方で集合を掛けたり一箇所に固まってくれたりして、こっちには都合が良かった」

「悠二」

またぞろ悪謀家の端が覗いたパートナーを、シャナが短く叱責した。

気付いて悠二は、そうあるべき姿へと自身を正す。

「さっき言っていたけど……君の摑んだ『自分』は、本当にそれなのかい？」

誰の立場にも偏らないよう心に掛ける言葉が、ゆるりと発せられた。

「新参と同じように、できることの喜びに耽っていただけじゃないのかい？」

「……」

極彩色のキメラ——自分が新世界で築き上げてきたものに取り巻かれて、バロメッツは考える。それ以外、なにもできなくなって初めて、問いかけが耳に届いていた。

「新世界『無何有鏡』で君は、本当にそれがしたかったのかい？　そうなれることの可能性を前にして、たまらず突き進んでしまっただけなんじゃ、ないのかい？」

「私は……私は、ただ……」

受け止めた言葉に揺らぐバロメッツを、希望のような言葉が刺す。

「僕らは確かに、ここで変わっていける」

「……！」

「でもそれは、なんとなく突き進む先には、ないと思う。まあ、そういうことを落ち着いて考える余裕が、創造直後になかったせいで、皆、乱暴な道に向かったんだろうけど」

ここで悠二は初めて、見かけ相応の少年らしく、困り顔で頭を掻いた。

バロメッツは、彼が口にした『皆』という言葉に感じた温かさに釣られて、

「……私は、道を誤った、のか」

語りかけるように、声を紡いでいた。

彼を取り巻く極彩色の火勢が弱まり、キメラの接合が弛んでいく。

語りかけに応えて、悠二は微笑んだ。

「あっちの、天罰神とその契約者は、そう思っているようだね。僕個人は、君の工夫を面白いと思うけど……そうだな、用法は間違っていた、と思う」

「悠二」

「ごめん」

口を尖らせた風なシャナに、悠二はまた微笑んで、前に、歩き出した。

ゆっくり近付いてくるそれは、審判と断罪ではない、別のものだった。

いつしか消え去った『隠羽織』の跡に蹲る、青年へと差し伸ばされる、

「君の始めた『色盗人』は、もう終わりだ。よければ、その次を始めないか」

それは、助け起こすための、取り合うための、手。

「まず、君の名を聞かせてくれるかい」

「――」

天罰神の威風に服したのか、生存への執着に負けたのか、野望の敗れた虚脱につけ込まれたのか……それとも、目の前にいる人物に絆されたのか、

「――私の名は」

躊躇いがちに、〝踉蹌の梢〟バロメッツは自分の名を告げていた。


夜明けを待つ荒野に、戦場となったゴーストタウンが、より無残な死骸を晒している。

「随分と派手にやったものだな」

アラストールが、夜風に呆れ声を乗せた。

悠二の侵入方向から街の中央、今彼らが屋上に立つ駅舎兼街役場にかけて、焼け焦げた瓦礫の山と化した倉庫群と家屋の跡が広がっている。どうやら『色盗人』との相当な激戦の結果、

あの場に辿り着いたものであったらしい。

その痕跡を、身形や態度に欠片も残さず、悠二は言う。

「念には念を入れて、人が居ないか探査はしたよ。追い込んだ『色盗人』たちにも、しつこいくらい降伏を勧めたんだけど……聞き入れてくれたのは結局、彼だけだった」

「討滅する以外の罰則策定には、まだまだ両陣営で長い協議が必要だし……あいつの扱いは、今後の行い次第かな」

シャナも眼下、野望の跡地にぽつねんと立ち尽くしている孤影を見やった。

その青年・バロメッツは、差し伸ばされた手を取ったとは言え、事態を受け止め、身を処するだけの余裕を得るまで、それなりの時を要するだろう。

「急に得た、万能とも思える力に溺れて、敵わない敵を前にしても死を恐れない……というより、死を軽んじるのは、新世界での戦いの特徴だね」

悠二の殊更に冷静な口調は、彼が慨嘆する際の癖だった。

彼を知るアラストールは、しかし次なる分析を促す。理に傾いた人間にとって、思考を巡らせることこそが揺れる心を安定させる、と分かっているからである。

「それで、此度の課題はどう評価する。彼奴ら……［真なる神託］は使い物になったのか」

気遣いを有り難く受け取って、悠二は自分が指揮した集団を論評する。

「かなり甘く採点して、そこそこ、かな。情報網として機能させるには適性も実力もバラバラ過ぎるし、なにより集団で一つの目的に沿って動くこと自体に慣れてない」

（やっぱり［仮装舞踏会（バル・マスケ）］って凄（すご）い組織だったんだなあ）

せめて彼らの一割でも……とまで考えて我に返った。

「まあ、今回は追跡（ついせき）を察知されたことで『色盗人（いろぬすびと）』を一箇所（かしょ）に集めるのに成功したし、怪我（けが）の功名、結果オーライ、ってとこだろうね。今後は、もっと慎重（しんちょう）な行動を徹底（てってい）させないと」

シャナは彼の内心を察しつつも、より厳しい言葉を投げる。

「元は殺人に騒（さわ）ぐだけの集団だったんだから、急に上手（うま）く行くわけがない」

「分かってる。彼らに新参向けの訓令を行わせる計画もそうだし、なにもかも、上手（うま）く行かせるには試行錯誤（しこうさくご）と知恵（ちえ）と腕力（わんりょく）、それに時間が必要だ」

悠二（ゆうじ）が課題の域を超（こ）えたものを語っている、と感じたアラストールは一応と釘（くぎ）を刺（さ）し、

「そちらの計画は、そもそも成り立つ見込みがないように思えるが」

今度はシャナが答えて、

「彼らが元・殺人嗜好（しこう）者だって知らない新参にならい、効果はあるんじゃないかな」

「ふぅむ。確かに、理屈（りくつ）ではそうなるか……」

アラストールも改めて考え直す。

それら、まさしく試行錯誤（しこうさくご）の一つを加えて、悠二は今を見据（みす）えた。

「当面は［真なる神託（しんたく）］による情報網（もう）の構築を目指そう。僕らだけの計画に必要な彼女を、こ

っそり捜すためにもね」

「うん。あいつなら、いきなり繋げるのは無理でも、これを辿って、いつか——」

言ってシャナも、どこからか一つの指輪を取り出す。

この、見事な意匠の為された銀の指輪は、腕利きの自在師『弔詞の詠み手』マージョリー・ドーによって数十もの通信用の自在法を込められた、宝具『コルデー』の一つである。

かつて、とある事件において『両界の狭間』への巨大な口が開いたとき、ほんの僅かな反応が、この指輪に生じた。通信の自在法は、対になる指輪と繋がるよう調整されている。対になる指輪が在る場所とは他でもない。

今では、二度と行き来は不可能とされる、旧世界である。

アラストールが、苦笑いを声に表す。

「旧世界も〝紅世〟も、狭間も新世界も、全てを包括したものが『世界』、か」

その一つ、〝紅世〟の法則を体現する超常的存在たる天罰神〝天壌の劫火〟をして、呆れ返らしめるほどに、気の遠くなるほどに、広大な——『世界』。

「なにもかも、先は長いな」

「うん」

悠二は頷いた。楽しげに。

シャナも言う。楽しげに。

「道も、険しい」

「うん」

悠二は、また頷いた。清やかに。

そうして未だ暗い、しかし煌めく星々に満ちた夜空を振り放く。

「でも、長く進むに、値する道だ」

遠く近く、眼前に在る『世界』を見渡し——やがて、その中に立ち尽くす青年を捉えた。

寂しげな孤影は、安寧を求めて真逆の方向へと突き進み、支配という形で他人と繋がり、地の果ての隠れ家で自分を脅かす者を相手に足掻いていた、過ちの成れの果てだった。

(結局の所、古参も新参も、まだこの楽園に慣れていないいんだ……でも)

悠二は一度、目を瞑ってから、微笑みと共に開く。

「前に、シャナに話したよね」

「ん?」

首を傾げる少女に、敢えて遠回しに言う。

「前の会談で、カルメルさんが僕にくれた、ご褒美のこと」

「ああ」

シャナも思い当たったそれは、まさに悠二にとって、なににも優るご褒美だった。

会談を終え、先に席を立って一礼、歩き出した(会談の相手が、先に背中を見せる気がないことは分かっていた）彼は、ふとなにかを感じ、振り向いた。

かなり離れていたオープンカフェ、その店先に姿勢良く立って、こちらを見送っていたヴィルヘルミナ・カルメルが、手を繋いでいた。

一人の男の子と。

遠くても、ハッキリと見えた。

誰かによく似た顔立ちの、笑顔の男の子が。

繋がれていない方の手を、彼に向け、激しく振っていた。

ただ、それだけの光景だった。

しかし悠二は、ただそれだけの光景に、溢れるような胸の熱さを覚えていた。

互いの遠さを幸いと思えるほどに、両の瞳が潤むのを、止められなかった。

立ち止まって自分も、少し照れ臭さを感じながら、手を振り返していた。

希望、象徴、宝物、色々な言葉を費やしても、想いは表現しきれない。

また出会うための別れが、なぜか心浮き立つような嬉しさで満ちた。

あの男の子――『両界の嗣子』ユストゥスと、また――

「――いつか、バロメッツにも、他の皆にも」

熱さを再び胸に宿して、悠二は果てなき夢を語る。

「あのとき僕が感じた、新しい世界にいる、って気持ちを分かって欲しい……そう、思う」

アラストールが、実にわざとらしく、鼻をフンと鳴らした。

「分かって欲しい、ではなく、分からせれば良かろう」

クスリと笑って、シャナが手を繋ぐ。とても強く、温かく。

「一緒に、そこまで行こう」

「うん——一緒に」

悠二も笑って見つめ合い、そしてまた共に、遠くを見晴るかした。

いつか夜明けが来る、煌めきに満ちた星空を。

熱さを胸に日々を進み、
遙か道を魁けて、願いは行く。
今在る心に、新たな心を添えながら。

着こなし

狭い控え室の中、着物の裾をこするように腰を屈め、小脇に僅か翻した『夜笠』から大太刀『贄殿遮那』を神速で抜き放つ。低い姿勢から空に斬撃を一閃し、そのまま静止。

数秒して、ようやくシャナは吐息を漏らす。

「やっぱり、この格好じゃ上手く立ち回れない」

洗練された動作のため、激しく動いたように見えずとも、襟元と裾は乱れてしまっている。身を起こすと、結った髪もばらけて、煌めく炎髪がはらりと揺れた。

胸元のペンダント〝コキュートス〟から、アラストールが訊く。

「ユカタ、とは似て非なる服なのか」

「うん、こっちは厳重に形を整えてる感じ」

シャナは困った顔で返しつつ、大太刀を軽く差し上げた。ぱっと離した指先だけで、落ちる刃の向きを変え、また素早く『夜笠』の内へと仕舞う。

「普通の身動き自体、覚束ないかも。こんなに締め付けられるとは思わなかった」

「ふむ……ならば、せめて折衝が物別れにならぬよう心がけるとしよう」

二人で一人の『炎髪灼眼の討ち手』は、動作確認を「ままならず」と結論づけた。

年頭だから、とゼミナが用意してくれた衣装だったが、これでは席上で無様を晒しかねない。

作法なんざ誰も気にしねえよ、とギュウキは言っていたが、悠二が苦心の末に漕ぎ着けた、数十もの小勢力との折衝である。そうなるのは、実に面白くなかった。

「むー」

と声に出して悩む契約者に、アラストールが重たげに打開策を提案する。

「洋の東西が異なる故、参考になるかは分からぬが……」

「なに？」

シャナは、この際と強く食いつく。

「とある女性……『自称レディ』……いや『自称かなりギリギリでレディ』だったか」

と妙な前置きが入った。

「その女性が、慣れぬドレスを着装した際、こう言っていた」

「うん」

「いい女が着れば、乱れようがはだけようが、服は飾りに化けるのよ!!　――と」

「……」

「……」

入ってきたゼミナが、早速着崩した主賓を見つけて怒るまで、二人で一人の『炎髪灼眼の討ち手』の沈黙は続いた。

ローカス

灼眼のシャナ

1　愛し児

暗夜の霧雨を潜るように、小型バスがのんびり進んでいる。

ゆらりゆらりと車体を揺らしているのは、サスペンションの故障ではない。

大きく揺らぐ路面のせいだった。

路面は地面ではない、海面である。

小型バスは、大きく波打つ海上を進んでいた。

その車体に取り憑き気配を消している〝深隠の柎〟ギュウキが、車内へと声をかける。

「さて、そろそろランデブーポイントか。お片付けを始めてくれや」

「了解であります」

席を立った『万条の仕手』ヴィルヘルミナ・カルメルが、床に散らばった玩具や本、スナック菓子の袋などを拾い始めた。そのヘッドドレス型の神器〝ペルソナ〟から、

「遊興自責」

散らかした物は自分で片付けさせろ、と〝夢幻の冠帯〟ティアマトーが短く言う。

ヴィルヘルミナは一瞬だけ手を止め、しかし片付けを続ける。指摘の妥当性は認めつつも、ついつい『彼』が幼かった頃からの癖で、世話を焼いてしまう。さらには、

「今日は特別であります」

と言い訳まで付け加えていた。

ティアマトーはそれ以上言わなかったが、小さな溜息の気配がある。二人で一人のフレイムヘイズとして長く付き合ってきた彼女には、自分の契約者が『彼』の世話を焼きたがっている、とお見通しなのだった。

そもそも普段の『彼』は、お片付けができないわけではない。

今は別のことに夢中で、それができずにいるだけである。

「んー、これ！」

元気な声で、その『彼』がカードを引いた。表面を確かめ、快哉を上げる。

「やった！」

ペアのできたカードが山に捨てられた。

引かれた側、フレイムヘイズ『輝爍の撒き手』レベッカ・リードが、露骨に舌打ちする。

「ちっ、引っかからねえな」

「カードを目立たせる戦法は、もう十五度目だ。そりゃあ魂胆も読まれるさ」

その右手首にあるブレスレット型神器〝クルワッハ〟から、相棒たる〝靡砕の裂眥〟バラル

がのんびりした声で、かつ容赦なく指摘した。

続いて〝坤典の隧〟ゼミナも、言葉による追い打ちをかけつつ、

「札に向けた目線の動き、取らせたい札を目立たせる方法、伸ばされた手に対する挙動、三つほどは読み取られているぞ、『輝爍の撒き手』……ふむ」

平然と『彼』からカードを引く。

また、ペアのできたカードが山に捨てられた。

含蓄ある分析をする〝徒〟から、大雑把なフレイムヘイズはカードを引き、

「そーいう小細工にゃ興味ないんだよ。当たって弾けろ、って言うだろ」

「それを言うなら、当たって砕けろ、だね」

相棒の突っ込みを無視して表面を確かめ、渋い顔になる。

「んだよ、またダメか……なーんでさっきから、おまえばっか勝ってんだよ、坤典の」

「感情を出さず、運に任せる。このババ抜きという遊戯では、それが一番合理的な戦法だ」

言った通りの無表情が、質問に答えた。

そうやって座席をまたいでわいわい騒ぐ『彼』らの様は、実は異様と言っていい。

「レベッカ、つぎ僕！」

「分かってるよ、ほれ」

「そうやって露骨に、引かせたいカードを突き出すから……」

「やり方を変える気はないようだな」

いかにこのバスが、運び屋［百鬼夜行］の運行する『争い御法度の動く中立地帯』であっても、互いに複雑を極めた事情を抱えるようになった新世界『無何有鏡』の事情に照らしても、流石にここまで〝徒〟とフレイムヘイズが近しく接することは珍しい。

そうさせているのは、偏に今回の依頼内容に拠る。

依頼は言葉で表せば簡単な、『たった一人の彼』を運ぶ、というもの。

しかし、その依頼主は世界でも指折りのフレイムヘイズ『万条の仕手』であり、なにより運ぶ対象が『たった一人の彼』である点が極めて特殊、かつ特別だった。

大袈裟な話ではなく、新世界『無何有鏡』は『彼』をどう扱うかで揉めている。

そして『彼』自身が、新世界『無何有鏡』にどう向き合うかを表明していない。

この依頼は、それらに一定の目星を付ける場へと『彼』を運んでいるのだった。

ゆえに彼ら、無数の〝徒〟やフレイムヘイズ、人間に触れてきた［百鬼夜行］としては、訳ありの客を山ほど運んできた経験に即した応対をしている。

つまり今のように、

なんとなく適当に接する、

ということである。

小型バス型の〝燐子〟『春風駘蕩号』を操る運転手〝輿隷の御者〟パラも、なんとなく適当に――親しげな声色は地である――後ろで騒ぐ面々に教える。

「見えてきましたよ、皆さん」

まずレベッカが不利な戦況をぶち壊すために、

「おっ、どれどれ？」

カードを放り出してバスの前部に駆け寄った。

続いて『彼』が口を尖らせて、その後ろから背伸びして覗く。

「レベッカ、ずるい……あっ、あれなに⁉」

「よく見るといい、なかなかの壮観だ」

最後にやってきたゼミナがその体を軽く抱え、先頭座席へと座らせてやった。

片付けを終えたヴィルヘルミナらも、重苦しい呟きと共に、この光景を出迎える。

「さて、我々の計画が功を奏すか否か……勝負所でありますな」

「慎始敬終」

皆が目を凝らす先、霧雨に煙る夜の彼方に、無数の窓灯りを点す壁が立っていた。

陸地に着いた……というには、どこか微妙な違和感がある。

波で上下に揺れ動くバスから捉えるそれは、下層階に窓灯りがない。

まるで丘の上に立つ、あるいは宙に浮いている、巨大な横長のビルに見えた。

やがて、窓灯りの形作る全体像から『彼』は気付いて、叫ぶ。

「おっきな船だ!!」

「正解です」

パラが答えて、ハンドルを回した。小型バスは左折して船尾へと向かう。子供へのサービスとして、わざわざ眺めのいい舷側から近づいたのだった。

ちょっとした町、どころではない圧倒的な数の窓灯りが、遠間をすれ違ってゆく。

横長のビルと暗夜に見紛ったそれは、豪華客船ロード・オブ・ザ・シーズ。全長365メートル、全幅45メートル、総トン数22万トン、世界でも三指に入る巨大な船である。

今日という日に『彼』をお披露目する、晴れの舞台。

ここ数年、各勢力が会合を開く際に用いられている、特別な議場だった。

パラが無線を取って、船に呼びかける。

「こちら『春風駘蕩号』。ＬｏｔＳ統括、応答願います。定刻通りに到着、乗客に異常なし。後部デッキからの乗船許可を頂きたい」

即座に、船から返信が来る。

《こちらＬｏｔＳ統括。ようこそ『春風駘蕩号』、乗船を許可する。追跡は受けているか？》

「確認します」

答えて、パラは車内、まずはヴィルヘルミナとレベッカを見た。

返ってきたのは無言の頷きと、残念そうに肩を竦める仕草のみ。

続けてもう一人の護衛へと、機械的なものではない、自在法を介した無線を飛ばす。

「ベヘモット翁、そちらに異常はありませんか？」

《ふむ、追う者も迫る者も、鮫の一尾とておらぬ。静かなものよ》

返信に合わせて、小型バスが大きく緩く上下に揺れた。車体を乗せた一帯の海面が、丸ごと沈み込んでから、浮かび上がってくるものに押され、白波として流れ落ちてゆく。

気付けば小型バスは、豪華客船を追走する巨大ななにかの上に乗っていた。

本性を現した〝不抜の尖嶺〟ベヘモットその人である。

《せめての退屈凌ぎに送らせてもらおうかの》

言うや、海中から大小無数の岩塊が幾つも浮かび上がった。

それらは褐色の炎によって結合、豪華客船の後部デッキまでを繋ぐ架け橋となる。

「っと……ＬｏｔＳ統括、追跡は認められず。これより乗船します！」

慌ててパラが入れた一報、さらにはギュウキとの交信を経て、

「ありがとよ、ベヘモット翁……にしても派手だな」

《なに、これも箔付けというものじゃよ》

小型バスは石の橋を渡って、悠然とデッキに乗り入れた。

確かに車自体を跳ねさせて飛び込むよりは格好がいい、と［百鬼夜行］の三人は思う。もっとも、安全運転・安全運行がモットーな彼らの趣味でもないのだが。

（ま、そこは御一行のために我慢するさ）

（今後の上得意になる可能性も大きいからな）

（それに……とっても喜んでますし、いいんじゃないですか？）

三人の内で交わされた会話の通り、豪華客船との遭遇以降、立て続けに起きる出来事に夢中になっている『彼』は、全てを目に刻みつけようと窓に貼り付いていた。

そんな無邪気な様子を惜しみつつも、パラは乗客に告げ、扉を開ける。

「お待たせしました。本車は定刻通り、豪華客船ロード・オブ・ザ・シーズに到着いたしました。お忘れ物、落とし物、ございませんよう御注意下さい」


後部デッキは、ロード・オブ・ザ・シーズの丸みを帯びた船尾中央に開いている。

本来はレジャーボートや水上バイクを降ろすための格納庫兼クレーンデッキ、という物々しくも無骨な作業場だったそこは、今では『中途乗船する様々な来客』を迎えるために改修された、船の玄関口の一つとなっていた。

霧雨を遮る、分厚い開閉式の隔壁を兼ねた屋根の下、大袈裟な装飾を抑えた大理石の床と柱列が、淡い光の中に佇んでいる。その中央には、毛足の長い赤絨毯が敷かれていた。

その赤絨毯を踏み、手繋ぎで連れ立つヴィルヘルミナと『彼』、および周囲をガン付けて窺うレベッカを、男性給仕型の〝燐子〟を両脇に従えた、人間の成人女性が出迎える。

「ようこそ、お越し下さいました」

慎ましやかに一礼した彼女は、この船のチーフパーサー、つまりは船客部門の総責任者。議場の案内人として知られる『九印官女』セレーナ・ラウダスだった。

応えて『彼』も、明るい声を張り上げる。

「よろしくおねがいします！」

そうして、世界を騒がすその名を告げた。

「僕の名前は『両界の嗣子』ユストゥスです!!」

2　伝説の生命

新参とは、新世界『無何有鏡』の創造後に〝紅世〟から渡り来た〝徒〟を指す。

彼らの多くは、この全ての世界に起きた一大変革に立ち会えなかったことを心底から惜しんでいた。新世界創造に至る大戦争や複数同時に起きた神威召喚は、彼らにとって真新しい輝きに満ちた伝説であり、かつ直近に在りながら触れ得ない過去であることが、彼らの心をより強く熱い憧れで焼いていた。

彼らが、その精神的な埋め合わせを求めて軽挙妄動に走る……身も蓋もなく言えば、自分も凄いことがしたい、と出鱈目に足掻く原動力は、まさにその憧れだった。そんな『遅れてきた者たち』が、叶うならば一目、願わくば一度、と遭遇を熱望する存在がある。

名は『両界の嗣子』ユストゥス。

彼こそ新世界創造の渦中で誕生し、かつ〝紅世〟真正の導きの神〝覚の嘯吟〟シャヘルによる霊告で堂々、『新たな在り様』を宣された〝紅世の徒〟と人間の混『在』児だった。

新参たちにとってユストゥスは、自分たちが立ち会えなかった変革の余韻にして、今なお面することのできる奇跡の結晶なのだった。どこまでも一方的な思い入れではあったが、新参たちは真剣に、彼を新世界『無何有鏡』の象徴とすら捉えていたのである。

「とはいえ、新参の〝徒〟方の間でも、実際にゲスト様とどう接されるかは議論百出で、未だ何一つ話は定まっておりません」

船内とは思えない広い廊下を先導しながら、セレーナが落ち着いた声で説明する。

続くヴィルヘルミナとレベッカは、初めて相対した彼女と、それこそ『どう接するか』を定められずにいた。二人して、煮え切らない視線を合わせる。

「左様でありますか」

「ま、新参どもは意見をすり合わせるのが苦手だからな」

敵対を疑っているわけではない。

このロード・オブ・ザ・シーズにおいて戦闘は禁じられており、彼女はどの陣営にも属さない中立の立場で接客を取り仕切っていることも知られている。少なくとも表向きは。

二人の態度は、そういうややこしい話とは関係ない。

もっと単純で、かつどうでもいい事柄のせいである。

その間で手を引かれているユストゥスだけが、セレーナと、その一歩後に続く男性給仕型の

〝燐子〟の後ろ姿を、興味津々に見つめていた。

セレーナはそれらへの反応を一切見せない。変わらず落ち着いた声で続ける。

「はい。百出というのは誇張ではなく、本当に皆様方、熱心に語り合っておられます。どなたも楽しげではありますが、羽目を外されるかたもおられるかもしれません。ご注意下さい」

バラルが頷きの気配と共にのんびり、

「とはいっても、各勢力が集まる会場で、いきなりユストゥスを登場させる方がよほど危ないからねえ。君の言うように熱心なら尚更、新参とは顔合わせを済ましておかないと」

「準備肝要」

ティアマトーは短く端的に、どちらも変わらない口調で返した。

それら当たり前に流れていく会話に、即行で我慢できなくなったレベッカが、

「ところでよ、九印の」

「はい。なんでございましょう、レベッカ・リード様」

先より感じていた、どうでもいいことを尋ねる。

「おまえさん……〝頂の座〟へカテーに似てねえか？」

ヴィルヘルミナは、そのストレートすぎる言い方に僅か眉を顰めたが、同じ疑問を抱いていたため、ここは調子よく沈黙を保った。

「はい。恐れ多いことですが、皆様そう仰られます」

セレーナは平然と、かつ敬意を込めて答え、立ち止まる。遣り取りとは関係がない。単に廊下の突き当たり、大型エレベーターの前に辿り着いたためである。

男性給仕型の〝燐子〟が進み出て、ボタンを押した。

扉が開くまでの繋ぎとして、セレーナは会話を続ける。

「おかげさまで、［仮装舞踏会］の皆様方には格別のお引き立てを頂いております」

言いつつ振り向き、洗練された仕草で小さく一礼した。何度も同じことを問われたのだろう、困った風な微笑を浮かべる面差しは、確かに全ての〝徒〟が尊崇の念を抱く巫女、今は長き眠りの内にある創造神の眷属とよく似ていた。

「ホントなに考えてんだか分かんねえな、ベルペオルの奴は」

彼女と直接の戦闘経験がある数少ないフレイムヘイズとして、レベッカはセレーナに今の立場を提供している黒幕の意図を訝しむ。具体的には、無遠慮にジロジロと眺める。

「その身につけた宝具の数々も？」

ヴィルヘルミナも便乗して尋ねた。

見る者が見れば一目で分かるが、セレーナは全身に幾つも護身用宝具を身に付けている。ただの人間ながら議場の案内人として知られる『九印官女』、その通称の由来である。

新たな、今度は嬉しさと恥ずかしさからなる微笑が、面差しを彩る。

「はい。皆様方、本船ご利用の際に一人、また一人と」

その前でユストゥスが手を上げ、ぴょんと跳ねた。

「僕とおなじだ！　ほら、これも！　これも！」

その手首に巻かれたリボン、指に結ばれた環、首に掛けた札、腰に付けた帯、全てが厳重に念入りにヴィルヘルミナが施した、護身用のお守りである。

セレーナはこれらを過保護ではなく、愛情の証と受け取った。

「心強うございますね」

「うん、こころづよう！」

交わされる笑顔の後ろで、エレベーターの扉が開く。


エレベーターがメインデッキの階層で止まり、再び扉が開いた。

「新参の〝徒〟様方が待機されている、中央公園です」

セレーナが先んじて出たそこは、船体における上甲板の高さに設けられた公園だった。頭上高くに屋根こそあれ、構造上の限界まで広く取られた幅により、閉塞感というものを覚えさせない。石畳を模した通路と合間の天然芝、敢えて素朴なベンチや古風な街灯等が緻密な計算に基づいて配置され、陸を離れた人々を憩わせる空間を形作っている。

はずなのだが、今そこは計算も憩いも踏み潰すような熱狂の渦中にあった。

「来たぞ」

「ど、どこだ！」

招かれた新参の〝徒〟たちは、殆どが組織の長という立場にあったが、彼らの組織は総じて歴史が浅く、結束も緩い。長としての自覚どころか、らしい振る舞いも見当が付かず、軽薄に乱暴に動きがちだった。

また、新参には特に広く知らしめる目的から、その員数は古参に比してかなり多い。招待側にそれらを押さえ込む自信あってこその措置ではあったが、この場における熱狂の加速ぶりは少々想定を超えていた。

「あれが……」「おお、『両界の嗣子』が！」

「見えんぞ！」「どけ！」「待て、俺も……！」

「押すな、馬鹿者が！」「貴様こそ前に出ようと！」

熱狂はすぐ混乱になり、さらには圧し合いに、遂には不作為の殺到になった。

無秩序な人混みの押し出しに気付いたセレーナは、咄嗟の判断でゲストを守る。

「堅陣！」

命に応じて、男性給仕型の〝燐子〟がバラバラに砕け、その内に主とゲストらを守り包む、透明な障壁のドームと化した。

その表面に四方八方から、新参が貼り付く形となる。自在法の使用が心理的なトリガーとなったのか、幾人かは興奮のあまり人化を解き、本性を現してすらいた。

「ここまでの熱狂とは……誘導の不手際、お詫び致します。すぐ統括に援助要請を――」

冷や汗を頬に浮かべるセレーナの肩を、しかしレベッカは笑顔で叩いた。

「いんや、なかなかいい対処だぜ、九印……チーフパーサーさんよ」

「そうとも。もしユストゥスに施されたお守りが一つでも発動していたら、こんな穏やかな光景では済まなかったからね。だろう、ヴィルヘルミナ?」

バラルの問いに、ヴィルヘルミナとティアマトーは――障壁の表面に無数へばりつく新参たちの阿鼻叫喚を前に――どこまでも平然と返す。

「そうでありますな」

「平穏無事」

フレイムヘイズらの言葉に、セレーナは［仮装舞踏会］の将帥から感じたものと同じ、自分には考えも及ばない場数を踏んだ生の分厚さを感じた。殺到の焦点となっているだろうユストゥスを見れば、周囲の状景に面食らってか、壁越しの惨状をぽかんと眺めている。

「ヴィルヘルミナ、どうするの？」

「まずは整列からでありますな……レベッカ」

「おう、じゃあ『爆閃』でいくか。チーフパーサー、目ぇ閉じて、耳ぃ塞いで、口は半開きな。ボンとなったら障壁を解いてくれ」

「えっ」

戸惑いつつも、セレーナが指示通りに動けたのは、生来の素直さゆえだったろう。

待つ間も与えず、レベッカが掌の内で凄まじい量の音と光を炸裂させた。

耳目を塞いでも分かるそれを合図に、セレーナが障壁を解く。

支えを失った新参たちが中へと雪崩れ込んでくる。

それら全てを、無数に湧いたリボンが軽く捕らえ、受け流し、誘導した。いつしか仮面を付けていた『万条の仕手』ヴィルヘルミナ・カルメルによる、戦技無双の絶技である。

一切の強引さを感じさせず、むしろ誰もが華麗な舞踏を供するように、ぐるり回って、宙を跳んで、導かれた立ち位置へと着地する。勢いを殺すための回転を、全員に添えて。

ピタリと新参たちが止まれば、まるで出迎える儀仗兵よろしく、公園に堵列を揃えた配置となっていた。その中央には『両界の嗣子』ユストゥスを通す道が、広く開いている。

新参たちが思い描いた通りの、厳かな対面の光景だった。

感動に包まれ呆然とする視界の内を、ユストゥスが悠々と歩いて行く。

その手を取って付き添うのは『万条の仕手』ヴィルヘルミナ・カルメル。

反対側を行くのは、得意げに大笑する『輝爍の撒き手』レベッカ・リード。

後ろに目立たず控え、影のように続くのは『九印官女』セレーナ・ラウダス。

まるで最初から予定されていた儀式であるかのように、新参たちはこれを見送っていた。

が、彼女らの内心はそれどころではない。

(い、いつの間に⁉　こんなことばかり上達して……下手すると計画が台無しに！)

(早急捜索)

レベッカが『爆閃』を炸裂させた瞬間、ヴィルヘルミナが彼を守るため舞った隙に、固く手を繋いでいたはずのユストゥスがいいいなくなっていいた。今、手を繋いで悠々と歩いているものは、慌ててリボンで編み上げた人形である。

自分の力に耐性を持つバラルだけが、舌を出して消える彼の姿を目撃していた。

(いやあ、どうりで今日は大人しいと思った。この機会を狙っていたんだな、はっはっは)

(笑い事じゃねえ！　まさか、いつものかくれんぼのつもりで逃げ回る気か⁉　今日、この船に集まってる連中に見つかったらなにされるか……‼)

流石のレベッカまでもが大いに慌てていた。『両界の嗣子』に執着する新参に悟られては拙い、という意志力だけが、表面上の大笑を辛うじて維持している。

ただ一人、なにも知らないセレーナだけが、

(これが歴戦のフレイムヘイズ様の力！)

討ち手らの見事な手際に感銘を受けていた。

3　怪訝な可能性

古参とは、新世界『無何有鏡』創造に伴い、旧世界から渡り来た〝徒〟を指す（ちなみに彼ら自身は、新参への対義語として広まってしまった、この冴えない呼称が好きではない）。

新世界は元来、彼らの願いを受けた創造神〝祭礼の蛇〟が生み出したものである。ゆえに、野放図で無作法な新参どもの乱入、という想定外の騒動こそあれ、彼らは総じて『自分たちのために創られた楽園』に大きな愛着を抱き、好き放題に暮らしていた。

創造の戦乱の中で突如、導きの神によって知らしめられた『両界の嗣子』も、この〝存在の力〟に満ちた新世界に相応しい存在であり、未来への一つの可能性だった。

だった、が、未だ〝徒〟は『新たな在り様』の模索に手を付けていない。その『両界の嗣子』唯一の実例が、両親の存在を融合して生み出されたものだったからである。

端的に言えば、二人が減って、一人が創られる。

仮に愛し合う二人がいたとして、それが共に消えて、赤ん坊だけが残る。こんな割に合わない、先も見えない行為に、わざわざ手を出す者など――少なくとも存命の者には――いるわけがなかった。古参としては、今日という日に『両界の嗣子』が、そうするほどの価値があるものなのか、そもそもどんな存在なのか、等々を見定めるために集っている。

豪華客船ロード・オブ・ザ・シーズの上部構造物の中央に、竣工時には存在しなかった後付けの部屋が設けられている。暗い部屋にディスプレイとコンソールだけが薄い光を放つ、戦闘指揮所である。議場を中立に保つために必要な、船の防衛を司る施設だった。

今その部屋は、重要な式典を前に、ようやく繁忙を抜けつつある。

「第二十五群、潰走。各方面、索敵の定時報告を送られたし」

オペレーターの平淡な通達に即時、対照的な熱っぽい返信が飛び込んでくる。

《こちら〝獰暴の鞍〟オロバス、第二十五群残兵は結界外、北東に向け離脱！　再侵入なしと判断！　新たな敵影は上空・海中ともに認められず！　他方面は!?》

「あなたが仕切ってどうするの。さっさと東方警戒線まで戻って」

指揮所の中央に立つ〝朧光の衣〟レライエが、ウンザリした様子で釘を刺した。

呆れを混ぜた、あるいは変わらず冷静な報告が、各方面から来る。

《こちら〝珠帷の剔抉〟エギュン、北方・空海ともに敵影は認められず》

《こちら〝化転の藩障〟バルマ、南方・空海ともに敵影は認められず》

《こちら〝翻移の面紗〟オセ、西方・空海ともに敵影は認められず》

「ＬｏｔＳ統括了解。引き続き警戒に当たれ……ふう」

返信してから、レライエは一息吐いた。強い緊張の中にあるためか、普段より疲労を感じている。背後へ振り向き、当座の状況が落ち着いたことを報告する。

「参謀閣下、先の第二十五群が、結界外で観測された最後の集団です。以降は作戦計画に則り、監視の重点を〝王〟単独による散発的な襲撃へと移します」

「ああ。ご苦労だったね、おまえたちも一息入れるといい」

指揮所後方の指揮座にある〝逆理の裁者〟ベルペオルが、敢えて緩い声をかけた。指揮所に詰める〝徒〟たちがほんの僅かに肩の力を抜く光景を、三眼で見渡す。

「やれやれ……厳戒ぶりを誰の耳にも入るよう、念入りに警告しておいたというのに、この盛況か。無知な新参だけならまだしも、一部の古参まで徒党を成して襲ってくるとはね」

「はっ。布告官一同、力不足に申し開きもなく……」

座の傍らに立つ〝翠翔〟ストラスが、声も仕草も硬く詫びた。

彼のらしくない様子や、指揮所内を重く満たす緊張感の源泉……指揮座の後ろに仁王立ちする者らに、ベルペオルはわざとらしいほどに気安く声をかける。

「我ら［仮装舞踏会］の力不足もあろうが……ここはむしろ、新世界で踊る無法者らには、おまえたちの威令も行き届いていない、と嘆くべきところじゃないのかね？」

背後に立つ四人には、特段機嫌を損ねた様子もない。それどころか、

「ならば改めて、より凄惨な死を与え、深い傷として刻み、戒めを広めればよいのです。我が大結界『トラロカン』と、その内に踏み入った者の然るべき末路を」

石像と見紛うほど恬淡とした雰囲気の青年、秩序派として新世界に顕現した〝王〟たる〝殊寵の鼓〟トラロックが、涼やかな声で冷厳と言う。

「貴方もその腹づもりから、殲滅せず追い返しているのでしょう？」

答えず、笑みを深めるだけのベルペオルに、大粒の涙を零して泣きじゃくる『滄波の振り手』ウェストショアと、逆に穏やかな〝清漂の鈴〟チャルチウィトリクエが言う。

「うう……私たちの働きが至らなくて、本当にごめんなさい……でも、もしお船に近づく者があれば、私たちで頑張って食い止めますから……」

「その心配は、この場で立ち働く者たちへの失礼に当たるでしょう。本当は、もっと普段通りのびのびと職務に勤しんで貰いたいのですが」

言われて、しかし誰の緊張も解けず、硬さも取れない。それも当然、あの『大地の四神』が勢揃いで至近にいるのである。しかも、総司令官の背後を取る形で。

ベルペオルの近くに『四神』を監視として配置する。

これが、式典への参加に際して外界宿が出した条件だった。

ベルペオル自身はなにを思ったか、平然と承諾したが、ストラスやレライエ、船外で指揮を

執る将帥らも、この白刃の山を勢い付けて踏むような状況に気が気ではない。

そんな危惧を、『群魔の召し手』サウスバレイが明るくも迫力ある笑声で引っ叩き、

「はははは！　たしかに今のこれは、我が物顔でのし歩く常の光景とは違うだろうなあ！

とはいえ、なにも取って食うわけではないのだ、そこまで縮み上がることもなかろう？」

さらに〝憚懾の筦〟テスカトリポカが、一切安心できない友好の怒鳴り声で揺さぶる。

「いかにもいかにも！　[仮装舞踏会]、愛しき手練れの敵どもよ！　我ら、この今だけは轡を並べ、共に戦う仲ではないか!!　さあ、そら、肩の力を抜くがいい!!」

声を受けて、やはり誰の緊張も解けず、硬さも取れない。なにしろ、フレイムヘイズ陣営にとっては、あの『あらゆる陰謀に手が届く』三柱臣を仕留め得る絶好の機会なのである。

ただ一人、当のベルペオルだけが全くの自然体で笑う。

「そうお互い、張り詰めることもないだろう。私としては、他でもないおまえたち……」

そこでなぜか、不自然に声を切ってから、また続けた。

「……と、忌憚ない意見を交わす機会と思ったのだよ、あの『両界の嗣子』についてね」

加わるに足る話題が出たことで、『星河の喚び手』イーストエッジが、今まで閉じていた目を開き、組んでいた両腕を解いた。軽く視線を巡らせてから、答える。

「皆の考えを合わせ、『我らの子供』に如何なる世界を与えればよいのか」

他の『三神』が気付き、彼に目を遣った。

それは語り合う言葉ではなく、歌い上げる詩だった。

同じく〝啓導の籟〟ケツアルコアトルが声を方向付け、届ける。

「ひとつ、じっくりと見極め、考えてみよう。どうか幸せであるように」

ベルペオルが気付き、イーストエッジが見た場所――指揮所の天井近くにある、配線のための点検口――に潜む、なんとも元気な誰かへのメッセージとして。

ウェストショアは心からの優しさで尋ね、

「天と空と地と生に『新しい命』が来たと伝え、言祝ぐだけではいけないのですか？」

サウスバレイは笑みを貼り付けたまま諭し、

「だけ、では如何にも悪しかろう。何故そうされるのかを説かねば、喜びはぼやけ、怒りはふやけ、悲しみは腐るばかりで、天空地生の間に体が在るとは悟れまい！」

トラロックは深い思索の一端を披露する。

「そうして、己を己たらしめるものを識ることで、子供は嵐を越える力を得るのです」

が、語った『三神』が幾ら待っても、誰かの気配からのリアクションがない。

「……？」「……？」「……？」

むしろ戸惑うように、その場を動かずにいる。奇妙な沈黙が数秒、指揮所に降りた。

いつしか指揮座で頬杖を突いていたベルペオルが、仕様がない、と口を開く。

「つまり、おまえが誰からも見つめられるのには訳がある。おまえというものが、どんなものか、なにができるのか、みんなが知りたがっている。それをちゃんと見つけることができれば、おまえ自身の道も開けるだろう」

今や露骨に誰かへと目線を向けつつ、

「と、いうことかね？」

言葉の方は『四神』へと投げかけた。

イーストエッジとケツアルコアトルが、大いに恥じつつ答える。

「そうだ」

「いかな金言も、伝わらねば風たりて草葉を揺らせはしない」

サウスバレイも顔と声だけで笑い、

「はははは！　偉ぶっている間に、助言の勘も鈍ったか！　こいつは一本取られたな！」

「うう……よりにもよって、私たちが子供に向けた言葉を選び間違えるなんて……」

ウェストショアは泣き崩れんばかりに肩を落とした。

トラロックだけは変わらず、涼やかな声で問う。

「それにしても〝逆理の裁者〟、命令者たる貴方が語りの機微をご存じとは」

「頂いたお役柄、お人好しからきかん坊、荒くれ者に変わり者まで、接する相手も多種多様でね。傍から見るほど偉くもなければ、背負う苦労も多いのさ」

誰かしらに向けたのではない、己が性分への嘲笑が、ベルペオルの口の端に浮かんだ。

チャルチウィトリクエは、言い返すでもなく呟く。

「それが、ままならぬ、という境地ですか」

「やれさて！　痩せ枯れどもの吠え立てで、目当ての小鳥も逃げ失せたぞ‼」

テスカトリポカに言われて気付けば、誰かの気配は消えていた。

どうやら、大人の愚痴には興味がないらしい。

「一応、こちらに来た、と向こうに伝えてやるとするかね」

言って、ベルペオルが指揮卓の受話器へと手を伸ばした瞬間、
指揮所内が、見飽きた赤い点滅と聞き飽きた警報で満たされる。

《こちら〝翻移の面紗〟オセ。八時方向、結界の上空より接近する敵影を認む！　単独だが、巨大な炎弾らしき自在法を多数、展開している！》

「ＬｏｔＳ統括了解。対処は一任する」

レライエは指示すると、指揮所内の要員に隙なく目を配り始めた。会話をした結果か、やりこめた成果か、いずれにせよ先より緊張も減じ、常の練達ぶりを取り戻している。

(あれについて意見を交わす、という予定は少々違えたが)

ベルペオルは、出会い損ねた子供を惜しみつつも、成り行きに満足していた。

(まあ、悪い気分ではないさ)

4　動乱の種

フレイムヘイズとは、己が全存在を〝紅世の王〟に器として捧げ、異能の力を得た人間を指す。動機の多くは復讐ながら、世界のバランスを守る、という使命を背負っていた。

秩序派とは、そのフレイムヘイズの死、あるいは契約の解除によって〝紅世〟へと帰還した後、改めて新世界『無何有鏡』に顕現し、同様の使命に奔走する〝王〟一派を指す。

使命の具体的な方法は、よからぬ企みに奔る〝紅世の徒〟の抹殺、である。

その、よからぬ企みの中でも過去最大級のものが、とある〝王〟による『両界の嗣子』生成未遂事件だった。人を喰らわなければ〝存在の力〟を得られなかった旧世界において、莫大なそれを要する行為は、問答無用の完全なる悪事だった。

しかし、無限の〝存在の力〟に満ちた新世界においては、そうではない。今のところ〝徒〟の誰も興味を持っていない、あるいはリスクを恐れて手を出していないだけで、取り組むこと自体はいつでも可能、という宙ぶらりんの状態だった。

もし今日、彼らの前に現れる『両界の嗣子』ユストゥスが、大きな感動を与えるほど素晴らしい存在であれば、以降の世界は怪しげな実験が横行する地獄になる危険性がある。

フレイムヘイズと秩序派は、今日という日を緊迫の中で迎えていた。


ユストゥスは、とある〝徒〟に負ぶわれて、のんびり船の廊下を進んでいた。

「僕、かくれんぼ得意なのに、よく見つけられたね」

点検口に潜んでいたところに、声をかけられたのだった。フレイムヘイズのいる部屋に行きたい、と言う彼（そこに行けば当然、保護者二人がいると思っていた）を、その〝徒〟は親切に案内してくれている。身を預ける背中は、ふかふかな長毛の毛皮で居心地がいい。

「オ、オレもかくれんぼ、は得意だから、な……普段は、か、隠れる方、専門だけど」

言葉に込められた意図を、ユストゥスはまだ読み取れない。

「いいなー。僕、レベッカとシャナにはよく見つかって、鬼をやらされるんだ」

「レベ、ッカ……『輝爍の撒、き手』か。強いからなあ、あいつ」

「レベッカのこと、知ってるの？」

訊かれた〝徒〟は、貴賓区画の自販機体なドリンクバーを見つける。

「知ってるけど、あいつは怖いし、オ、オレは弱いからな。ずっと、皆で隠れてたよ」

「やっぱり、かくれんぼ名人なんだね！」

「かも、なあ」

答えつつ〝徒(ともがら)〟は、ユストゥスを降ろした。ジュースを一つ出して、渡(わた)す。

「ありがとう、いぬさん！」

大喜びで口を付けたユストゥスは、すぐに笑顔(えがお)を弾(はじ)けさせた。

「これ、飲んだことない味だ！　おいしい！」

「よかった、な」

グルグルと喉(のど)を鳴らして笑い返す〝徒(ともがら)〟に、少し躊躇(ためら)いの間を空けて、

「……ねえ、いぬさん」

「ん？」

突然(とつぜん)の質問が飛ぶ。

「いぬさんも、僕がなんなのか、なにができるのか、知りたがってるの？」

随分(ずいぶん)と難しげな話が始まって、〝徒(ともがら)〟は首を傾(かし)げた。

見ればユストゥスは、先の笑顔(えがお)も潜(ひそ)めた、真剣(しんけん)な様子である。

その硬(かた)い顔の前に〝徒(ともがら)〟は屈(かが)み込み、目線を合わせた。

「ややこしいこと、訊(き)くんだなあ」

「さっき、いっぱいの人に取り囲まれたんだ。みんな、すごい目で僕を見てた」

自分の言葉に触発(しょくはつ)されてか、ユストゥスの表情に怯(おび)えが過(よ)ぎる。

「怖くて逃げちゃったけど……あれも、そうだったのかな？　僕、これからいっぱいの人に会うんだ。会って、僕のこと大丈夫だ、って思ってもらわなきゃいけない、って」

途切れ途切れ、不安を吐露する様を、じっと〝徒〟は見つめていた。

「でも、僕がなんなのか、なにができるのか……僕にもわかんないことを、おしえられなかったら……あんな感じのみんなに、大丈夫だ、って思ってもらえないいんじゃ、ないかな？」

そうして、全てを吐き出しきるまで待ってから、呑気な声をかける。

「お、思ってもらえなくても、いい、と思うぞ」

「えっ、でも……」

「別に今が、終わりじゃない。こ、ここから先が、いくらでもある」

「ここから、先？」

子供の身では考えもしなかった言葉、その意味する感覚を、ユストゥスは今だけでない時を使い、ゆっくりと呑み込んでゆく。少しずつ、目の前が開けて行くようだった。

対する〝徒〟は身を起こし、どこか遠くを見るように鼻先を上げる。

「新世界は、皆が夢見た、いいところだ。で、でも、なにもかも急ぎ過ぎる。考えるのも動くのも、ほ、本当はずっと、ずっと長く続けて……結果を見守らなきゃ、いけないのに」

「ずっと、長く……」

そこに不意な驚きの声が上がり、

「うぇっ⁉　〝吠狗首〟ドゥーグ⁉」

「ユストゥス君、だよね？」

彼を探していたらしい、大小二人の男女が、ぎょっとした様子で身構える。

「む、迎えが来た、みたいだな」

その〝徒〟……〝吠狗首〟ドゥーグは、名残惜しげに伸ばされたユストゥスの手を緩く握って、ひとまずの別れを告げた。

「オ、オレは隠れて見てるけど、頑張れよ。オレは、おまえは大丈夫だ、と思うぞ」

ユストゥスを間に挟んで歩く中、

「なるほど、そういうお話をしてたんですね」

小さな女の子の方、『極光の射手』キアラ・トスカナが、密かに胸を撫で下ろした。

大きな男の方、『鬼功の繰り手』サーレ・ハビヒツブルグも、こちらは隠さず安堵して、

「ったく、奴に妙なこと吹き込まれたかと本気で焦ったんごはっ⁉」

ユストゥスの頭越し、キアラの掌から飛んだ一閃の光で、頬桁をぶっ叩かれた。

いつもの状景には突っ込まず、〝絢の羂挂〟ギゾーがキザったらしくフォローする。

「君の悩みに共感はできないが、理解はできるよ。人は誰しも悩むものだからね」

さらに〝破暁の先駆〟ウートレンニャヤと〝夕暮の後塵〟ヴェチェールニャヤも、

「そーそー、悩みなんて皆、多かれ少なかれ抱えてるもんよ」

「このボンクラ亭主だってそうだもんね。ま、その日のツマミを選ぶ程度の悩みだけど」

尻馬に乗って言い立て、ついでに追い打ちも入れた。

サーレは頬をさすりつつ、ぶつくさ呟く。

「うるせえな。表に出してないだけで、深く重く悩むことだってあるさ」

「今は昔で幸いだけど、キアラとのことなんか散々ね」

「えっ、それってどういう意味ですか⁉」

「馬鹿、ギゾーおまえ余計なこと――」

二人で五人の騒がしさを聞きながら、ユストゥスは遥か以前の段階で驚いていた。

「フレイムヘイズも、なやむの？」

そんな反応の意味を考えたサーレは、なるほどと納得する。

「あー、確かにおまえの近くにいる連中だけじゃ、実感ないかもな……そうだ」

「なんです？」

見上げるキアラに、悪巧みを思いついた時の笑顔が答える。

「ヴィルヘルミナのとこに連れてく前に、ちょいと寄り道だ。今日みたいな機会は滅多にないからな。社会見学ってえやつだ」

数分後、

ユストゥスはなに食わぬ顔で、ひりつく戦士たちに交じっていた。

フレイムヘイズや秩序派に詰め所としてあてがわれているのは、豪華客船ロード・オブ・ザ・シーズ上層部に位置する豪壮なラウンジフロアである。複数多様なバーカウンターにテーブルセット、不規則ながら巧妙に配置されたソファにカードテーブル、中央にはガラス天井の小さな庭園まで設けられていた。

彼らはこれら豪奢極まる設備に物理的な居心地の良さを、[仮装舞踏会]が運営する船に心理的な居心地の悪さを、それぞれ両極端に感じつつ、式典までの時を過ごしている。

その間をサーレとキアラ、そしてギゾーの出した糸で鎧姿のフレイムヘイズへと偽装したユストゥスが行く。特に珍しい出で立ちでもないのか、わざわざ呼び止める者もない。

鎧の中からでも不都合なく感じられる光景と空気を、ユストゥスは自分の目と肌で確かめてゆく。さっき教わったばかりの、ゆっくりと今の先を使う心持ちで。

場所柄もあるのか、戦闘指揮所で任務に精励していた〝徒〟らと、ラウンジフロアに在る彼らは、雰囲気が全く違っていた。殆どが談笑も議論もせず、今在る場所を縄張りとするかのように、あるいは戦闘開始の合図を待っているかのように、静かに佇んでいる。

また、この場の特徴として、新世界では新たにフレイムヘイズの生まれる事例が稀になったため、秩序派の割合が多い。サーレたちと旧知の討ち手には戦死者が多いこともあり、名を挙げる者も自然、そちらが多くなった（ユストゥスにはわざわざ説明しなかったが）。

サーレとギゾーが言い、

「ジルニトラやセンティアが来てりゃ引き合わせたんだが、生憎と本部や拠点の留守番でな。他は……あのど真ん中で空瓶の山作ってるのが帝鴻と相柳だ」

「その向こう、美貌も盛装も放り捨てて、ソファでだらしなく寝てるのはウァラクだね。まあ彼女は、いつもあんな感じだけれど」

キアラが言い、

「あっ、でもほらナムさん……じゃない〝荒野の手綱〟さんは、あそこのバーで駆け回られてますよ。やっぱり、おもてなしするのがお好きなんですね」

ウートレンニャヤとヴェチェールニャヤが言い、

「カイムの奴は来てないのかしら。せっかく新世界では初の契約者を見つけたのに」

「贖罪で〝徒〟を殺すクズに晴れの舞台は烏滸がましい、とか言ってたし来ないでしょ」

その度にユストゥスは確かめていった。

「ここのみんなは、悪い〝徒〟をやっつける人たちなんだよね」

「全体的には旧世界ほど前のめりじゃないが……この新世界で〝徒〟が好き放題に暮らしているのが許せない復讐者は、まだまだ多い。ここに来ず、この今も戦い続けてる奴も、な」

サーレは傍らのカウンターから一杯ではなく一瓶、手に取りつつ言う。

「他にも、ハルファスやウィツィロポチトリみたく、敢えて〝紅世〟に残って、秩序維持の意義を説いてる連中もいる。考えは人それぞれさ」

キアラが即行、瓶を取り上げてカウンターに戻し、さらに付け加える。

「ここにいる人たちは、あなたの存在が〝徒〟を焚き付けて大騒ぎを起こすんじゃないか、って心配してるんですよ。ヴィルヘルミナさんには、なにかお考えがあるようですけど……」

ユストゥスは場を見渡して、むむむと唸った。

「それぞれのみんなに……どうやって僕のこと、おしえればいいのかな」

5　僕というなにか

豪華客船ロード・オブ・ザ・シーズの奥まった区画。無粋ゆえ案内板に表記がなく、船員の案内のみで通される臨時のリモートオフィス兼会議室に、ごちゃ混ぜの一団がいる。

「結局のところ、君は一体、僕ら〝徒〟をどうしたいのさ？」

机の対面で不信感も露わに追及する〝蠱溺の杯〟ピルソインに、しかし『廻世の行者』坂井悠二は我が意を得たりと食いついた。

「そこだ。君ら〝徒〟は性質的に、他人にどうこうされるのを嫌う。でも、僕の掲げる共生って目標を果たすには、今のままじゃいけないのも確かだ」

暇な時間を潰すためだけに、ピルソインはどうでもいい会話を続ける。

「それで？」

「今日の件はヒントになるんじゃないかな。なにしろ『彼』は――」

またぞろ妙な回転をしかけた悠二の頭に、背後からの声が制止をかけた。

「坂井悠二、レポートの採点が終了した」

「はい……」

露骨に声のテンションを下げた悠二は、とぼとぼと声の主、〝煬煽〟ハボリムの机の前に立つ。人化した彼の目線は、ガスマスクより無情だった。

「総合で三九点。君のレポートには、まず配置の基本情報が記されていない。ただ『山で何百メートル離れている』と書かれていても、彼我にそれらの明示がなければ、戦況の把握には役立たない。陣形や効力の検証はその後の話だ」

「それくらい、俺でもやってるぞ。というか、おまえこんなの、かをハボリムに見せたのか」

レポートを覗き込んでいる〝驀地祲〟リベザルが、カラカラと笑う。

悠二の渋面が、より渋くなった。

反対側から覗き込む『炎髪灼眼の討ち手』シャナが、

「私が助言してあげれば良かったかな」

言って憂い顔を作るも、〝天壌の劫火〟アラストールがあっさり切り捨てる。

「おまえの模範解答を示せば、それを引き写すだけになってしまうだろう」

ハボリムが微かに鋭く、頷いた。

「いかにも。姫様の力を借りては、勉学の意味がありますまい。教本も要項も渡し、レクチャーも施しておりました。その途上で遁走したのは坂井悠二の選択。責も自身で負わねば」

「あ、あの時は逃げたんじゃなくて、［色盗人］の情報が入ったから緊急で……」

「ならば道義的には、報酬として用意した〝燐子〟砲兵も置いて行くべきだったな」

「うぐぐ……」

悠二の肩が頭が、重石の乗ったように前のめりに沈んだ。

(やっぱハボリム様、新型砲兵の持ち逃げを根に持ってたんだ)

(おい、顔が笑ってるぞ、ピルソイン)

彼ら三人、正使ハボリムと副使リベザル、および補佐官ピルソインが、防衛任務から外れる許可を得たのは、彼ら［仮装舞踏会］と坂井悠二による『特別な折衝』のためである。

折衝の実態が、物資の提供や情報の交換、および軍事学の講義、という悠二にしか得がないもの（悠二自身の受け止めはともかく）である理由は、もちろん厚意や親切ではない。

坂井悠二という存在が、かつて彼らの盟主たる創造神〝祭礼の蛇〟の代行体として戦った経歴、新世界創造直後の混沌期における実績、以降の仲介者『廻世の行者』としての立ち位置、天罰神の契約者『炎髪灼眼の討ち手』に対する交渉の窓口等々、参謀〝逆理の裁者〟ベルペオルにとって大いに活用し甲斐のある『奇貨』だったからである。この折衝についても、

「大望に浮きがちなアレに、現実を踏ませてやるといい。決して無駄にはなるまいよ」

との方針を予め示している。

命を受けた側の三人も、組織への抱き込み工作、久々の顔合わせ、防衛任務のサボタージュと、各々硬から軟までの思惑を以て、坂井悠二に相対していた。

もっとも、今日の折衝は式典のオマケで、絞る時間も短い。

「シャナー！」

部屋に飛び込んでくる元気な子供の声が、タイムアップを報せた。

喜びと戸惑いと恐れに包まれた、式典が始まる。

豪華客船ロード・オブ・ザ・シーズの上部デッキ、中小国の国事にすら用いられたという豪壮広大な劇場型ホールに、新参の〝徒〟、古参の〝徒〟、フレイムへイズ、秩序派の〝王〟、さらにはごく少数ながら人間までもが集っていた。

悠二の補佐を務め、準備に駆け回っていた〝踉蹌の梢〟バロメッツも、ようやくの本番で落ち着きを得、舞台袖で進行役として佇立する。わざわざ設備のマイクを使って、

《お待たせした。これより『両界の嗣子』ユストゥス殿を、一同のお目にかける》

式典の開始が宣される。

が、言に相違して、ユストゥスは姿を見せない。

まず舞台上に歩み出たのは、彼の養育者兼監視者たる『万条の仕手』ヴィルヘルミナ・カルメルである。彼女の力の程を知らない一部の新参からは、僅かに不平不満のざわめきが起きるも、先の面会に居合わせた者らが慌てて無作法を鎮める。

飛び出しかけたレベッカをシャナが引き戻すのが、袖にチラリと見えた。

舞台中央、マイクの前にヴィルヘルミナが立つ。

《まずは、報告から》

前置きもなにもない。報告書を取り出すと、彼女は音頭浪々、読み上げを始めた。

身体的な特徴は、人間の子供と何ら変わりがない。

一方で、発育の速度には明らかな差異が認められる。

幼児期を抜けてから、その速度が緩やかになっている。

しかし、成長自体は続いており、健康状態は良好である。

他、自在法については誕生直後から大いに適性が見られる。

意志に応じて自在法を発現させる特徴は〝紅世の徒〟に近い。

ただし、母〝彩飄〟フィレスの自在法との類似性は見られない。

現状、自在法は多種多様に扱えるも、固有のそれは認められない。

まるで研究発表のような、無味乾燥な報告が延々と続く。

聴衆は、退屈こそしていなかったが、大いに焦れた。彼らの本音としては、細々とした情報など二の次で、ただただ実物を見たかった。見るために、この場に集ったのだから。

そんな空気など知ったことではない、とばかりに読み上げを続けていたヴィルヘルミナは、場の不満が頂点に達した時点でようやく、もたもたと勿体付けて報告書をしまった。

(決して満足させてはならない)

(意気阻喪)

これが、式典におけるヴィルヘルミナとティアマトーの計画の根本だった。

(こんなものか、という印象と共に帰さねばならない)

(理想失墜)

くどくどと事務的な報告を続けていたのも、なかなかユストゥス本人を見せないのも、全て『両界の嗣子』を見るため詰めかけた者らを、落胆させるための前振りだった。

(彼の真実を見せつつも、それ以上の興味を持たせぬよう動かねばならない)

(凡庸錯覚)

自分とレベッカで派手な活躍を見せた騒ぎも、後になって一人で考える際、また他人に語る際、あの子供はなにもしていない、と新参に気付かせ、拍子抜けさせるためだった。

(ここで彼自身が最後の仕上げをすることで、世界に広まる評判も確定する)

(偽報拡散)

最後の仕上げは――分かった上での、分かった上でのことながら、やはり――酷である。ユストゥスには、なにも前準備などさせていない。舞台の上で、いつもの通り少々人を喰った様子で、年相応の『ただの子供』らしく、なにかしら言ってくれればいい。

全ての聴衆は、焦らされ、期待した上で、大きな落差を感じるだろう。

何一つ虚偽などない、誤魔化しもしていない、これが彼の真実である。

だからこそ、その落差は印象強く刻まれ、世界各地で語られるだろう。

(……『両界の嗣子』など、大したことなかった、と……)

(……呵責、無用……)

つまるところ二人は、集った者らを幻滅させるため、ユストゥスをここまで連れてきたのだった。興味を抱かせず、脅威とも見せない、それこそが彼の安全を保証すると信じて。

そして、

《ユストゥス、こちらへ》

段取りなどない、唐突な呼び立て。

膨らみきった期待の下、観衆は舞台袖から現れた、その姿を見つめる。

ただの子供にしか見えない『両界の嗣子』ユストゥスを。

レベッカが当たり前に続こうとして、やはりシャナに止められた。計画について、レベッカは知らず、シャナは知っている(悠二には当然、教えていない)。性格を考慮に入れた判断だった。レベッカとは後で喧嘩になるだろうが、その責めは甘んじて受け入れるつもりである。

シャナは「うん、全部ユストゥスに任せよう」とだけ言って、賛同してくれた。

辛さを隠して、ユストゥスの到来を見守るヴィルヘルミナとティアマトーは、

(……?)

(……?)

彼が、なにかを手に持っていることに気がついた。

一枚の、紙である。

(いったい、何を……?)

(慮外想定)

二人は立場が逆転したかのような心持ちで、立ち竦んだまま彼を待つ。

歩みも意気も揚々と、中央にやって来たユストゥスは、良からぬ考えを持つ保護者らの前に立ち、マイクへと背伸びする。ヴィルヘルミナは慌てて、マイクの高さを調節した。

ほんの少し、聴衆に柔らかな笑みの風が湧いた。

これはいけない、とヴィルヘルミナは焦る。

が、ユストゥスはもう語り出していた。

《僕には『両界の嗣子』というものがなんなのか、ぜんぜん分かりません!》

広げた紙面の、たった今書き綴ったばかりの拙い言葉を、頑張って読み上げる。

図らずも、先の無味乾燥な報告が、真逆の効果を引き起こしていた。

即ち聴衆は、彼の言葉に引き込まれてしまったのである。

計画齟齬、とティアマトーまでもが焦る。

ユストゥスは、大きな声で語り続けた。

《どれくらいのことができるのか、できないのかも、ぜんぜん分かりません!》

声は大きくも真摯で、余計な効果も必要ないほどだった。

そして聴衆は徐々に気付き始める。彼の読み上げる言葉は、なんとなくの放言ではない。自分か他人、あるいはもっと異なるものへと、しっかり前を向いて呼びかけていると。

ユストゥスの呼びかけは続く。

《でも、あわてません。今、分からなくても、あした分かるかもしれません。あさって分かるかもしれません。もっとずっと先かもしれませんが、分かるまで考えたいと思います》

悠二は、ホールの片隅で耳を傾ける内に、ふと『自分のなにか』を語られているような気になった。シャナとレベッカも、舞台の袖で呼びかけに心触れつつ、奮闘する彼を見守る。

詰めかけている新参の〝徒〟、古参の〝徒〟、フレイムヘイズ、秩序派の〝王〟、さらにはごく少数ながら人間も、同じく『自分のなにか』に触れるような言葉に聞き入っていた。

　ユストゥスはなにも変わらず、呼びかけている。

《みんなも、できれば考えて、お手紙をください。ゆっくり、のんびり、僕がなんなのか考えて、いつかみんなと分かればいいなと思います。おわり》

　駐車場で帰りを待つ［百鬼夜行］も、ホールの一番後ろで来客を見守るセレーナも、舞台端に控えるバロメッツも、戦闘指揮所に在って音だけ聞いている『大地の四神』も、ベルペオルや［仮装舞踏会］、船外で警戒を続ける将帥ら、海中をゆるりと進むべヘモットも、何処かに隠れ潜んで見ていたドゥーグも、ユストゥスが紙を丸め一礼してから、仄かに笑った。

　そして、唯一人にして二人……巡らせた奸計を真っ正面から打ち破られたヴィルヘルミナとティアマトーだけが、表情硬く立ち尽くしていた。

　彼の安全を図るつもりが、全くの逆効果になってしまったのだろうか。

　それとも、まずはユストゥスだけを皆が見守る形になったのだろうか。

　この今においては、良いも悪いも、ぜんぜん分からなかった。

　呆然としたまま、自分たちの前に立つ小さな姿に目を落とす。

　ユストゥスは振り返って、笑いかけた。

「どう？　今の僕のこと、知ってもらえるよう書いたんだ！」

「回答保留」

「私には、分からないのであります……今は」

いつしか自然と湧き上がった拍手の中、手と手が繋ぎ合う。

分からないことだらけの中でも、強く、温かく。

それだけは今、分かった答えだった。

誰もが答えを求めて、進んでゆく。

分からないながらも、先へ、先へと。

世界のどこでも、誰でも、同じように。

狩人のフリアグネV

「狩人のフリアグネ!!」

「なんでも質問箱!!」

マリアンヌ（以下マ）「みなさん、お久しぶりですー！」
フリアグネ（以下フ）「本項は、私と私の可愛いマリアンヌが、読者の皆から寄せられた『灼眼のシャナ』に対する疑問質問に答えていく、由緒正しきコーナーだ」
マ「まだまたお会いできて嬉しいです！　今度は、なんと十年以上のブランクを経ての復活となります。ネットやお手紙での、たくさんの質問ありがとうございました！」
フ「答えられる質問は可能な限り拾ったつもりだけれど、大意が同じものは統合したり、逆に他の質問のため分割したりしている。通しで読んで把握してくれるとありがたいね」
マ「なお今回はいつもとは違って、テーマに沿った章立てになっています」
フ「質問数が膨大で、以前の形式だととんでもないページ数になってしまうからね……それでは改めて、今回も張り切っていこう、マリアンヌ」

マ「はい！　では、まず最初のテーマは、もちろんフリアグネ様……ではなく」

「『炎髪灼眼の討ち手』シャナ!!」

マ「彼女については、出生についての質問が多かったですね。**拾われた経緯や状況はどんなもの？　日本人ですか？　両親は何者？　両親を覚えていますか？**　等です」

フ「出生は敢えてボカしてるから明確な回答はできないけど、日本人で、影響力が大きな家柄＝両親も同様、というのは確定だ。赤ん坊の頃に拾われたので、両親の記憶はないね。彼女を拾った『万条の仕手』によると、かなり不穏な事件の中での出来事だそうだ」

マ「なんだか逆に謎が増えてるような……次はバトルスタイルについて。**契約前から長髪なのは訓練の邪魔だし、彼女の性格なら切るのでは？　空中戦のためにスパッツとか穿かないのですか？　自在法無効化の『贄殿遮那』で敵の自在法を斬って阻止できますか？**」

フ「長髪は育てた面々が皆、先代『炎髪灼眼の討ち手』の姿を思い描いていたためだ。当人は長いのが当たり前で、特に疑問には思っていなかったそうだ。スパッツは、その存在を知らないだけだね。『贄殿遮那』はあくまで刀自体への干渉を無効化するだけなので、自在法に突っ込んでも刀は無事、という結果になるな」

マ「**次は、これもかなり多かった新しい戦闘服についてです！　あのデザインは自分で決めた？　誰が作った？　もしかして宝具なんですか？　悠二の趣味？**」

フ「メタ的には挿絵のいとうのいぢ女史の趣味だが、作中設定だと御崎高校を卒業するはずだった時期に、区切りを付けるため戦闘服を新調している。以降、その制服が彼女の勝負服になるのは本書『勝負服』の通りだ。デザインと仕立ては彼女の服飾に責任を持つ『万条の仕手』、着用者の性格的に余計な機能は付けないので、宝具ではないね」

マ「**最後は、メロンパンではなくメロンは好き？　新世界『無何有鏡』では使命以外の時をどう過ごしてる？　料理の腕は上がった？　悠二と贈り合ったプレゼントはある？**」

フ「メロンは大好きだね。過ごし方は様々で、行った先で気になった物や場所を見つけるのが常。意外に別行動も多いようだ。料理は……『それなりに』で、プレゼントは『お互い食べ物が多い』とのこと。二人で一緒に楽しめるからだろう。さて、次は当然——」

「**『廻世の行者』坂井悠二!!**」

マ「彼について一番多かった質問はやはり『**確かな存在』ってどういうもの？**　ですね」

フ「だろうね。現状分かっているのは、身体的な成長は止まって、それ以外は熟練の度を深める『そういう形の生き物』ということだ。つまり生態的には〝徒(ともがら)〟になった人間、だろうか。彼も自分を調べ続けているよ。幸い彼の自在法は、それにも向いている」

マ「こちらも数多く……**『グランマティカ』で他者の（高度な）自在法再現は可能？　神器(じんぎ)〝グリモア〟のような便利機能はある？　大規模な自在法使用の際、断片(だんぺん)を縮めることは？**」

フ「神の権能を除けば、固有の自在法であっても、ほぼ再現は可能だ。ただし、それを行うには膨大(ぼうだい)な物量と研究と労力が必要なので、現実的ではないかな。記録や保存、縮小等(など)の機能も『そうする自在式を組めば』可能で、幾(いく)らか実現もしている。彼の精進次第(しょうじんしだい)だね」

マ「次は難しいものを幾(いく)つか。**〝祭礼の蛇(へび)〟が切(き)り離(はな)されても炎(ほのお)が黒のままだったのは？　怪力(かいりき)と頑強(がんきょう)さは教授に改造されたから？　ベルペオルにはどう思われてますか？**」

フ「彼の炎(ほのお)は、創造神の受け皿となる同位体『銀』を組み込んだ『零時迷子(れいじまいご)』の影響(えいきょう)だ。なので、合一前は銀色、後は黒になる。その状態で前述の存在になったので、色も固定された。怪力(かいりき)と頑強(がんきょう)さは、まだ異能者として不器用だからだ。統御力(とうぎょりょく)の高さを肉体の強化に振(ふ)り向(む)けている。ベルペオルは本書『ローカス』に拠(よ)ると、居(お)くべき『奇貨(きか)』と見ているね」

マ「最後は、**お兄さんの名前や設定は決まってますか？　大剣(たいけん)『吸血鬼(ブルートザオガー)』はどうやって生まれた？　夏もあのマフラーを巻いてる？**　いつになったら『天道宮』に入れてもらえますか？」

フ「兄上については、坂井夫妻の胸の内に在る、が回答かな。『吸血鬼(ブルートザオガー)』は、とある姫君と彼女を守り続けた〝徒(ともがら)〟が、同胞(どうほう)を殺すために生み出した浪漫(ろまん)武器で（以下数頁(ページ)略）。マフラーは夏にはループタイになるよ。『天道宮』入りは『ぜんぜん目処(めど)は立ってない』そうだ」

「さあ、一部の人お待ちかね**世界観・設定周りだ**」

マ「バリバリ行きますよー！　**新世界『無何有鏡(ザナドゥ)』では御崎市(みさきし)の在った場所はどうなってる？　三つの世界の大きさや時間の流れは違(ちが)う？　旧世界と行き来できる可能性はある？**」

フ「旧世界では近隣(きんりん)都市（AとC）が御崎市(みさきし)（B）を挟(はさ)む位置関係（ABC）として、新世界では存在が欠落した形（AC）になる。御崎(みさき)市跡(あと)が空地になったりはしていないよ。新世界は人を喰らえずの法則と〝存在の力(く)〟が満ちている以外、旧世界と同じだ。逆に〝紅世(ぐぜ)〟は物理法則が違(ちが)って言い表せないね。行き来できる可能性は……ある、としておこう」

マ「次は、こちらも多かった**『両界(りょうかい)の嗣子(しし)』はどんなもの？　他の色んな組み合わせや、両親が存命のまま生み出すのは可能ですか？　ユストゥスは両親のこと覚えてますか？**」

フ「本書『ローカス』に詳しいが、『両界の嗣子』に関してはユストゥスの成長待ちだね。そこまでして生み出す価値があるのかが分からないから、生成を試みる者も当分はいないだろう。ユストゥスは両親のことは覚えてないようだ」

マ「空耳……？　えー、次はトーチになった人が交通事故等で死んだらどうなる？　大発見をした科学者が喰われたら世に出た業績はどうなる？　逆に記憶を留めておける条件は？」

フ「交通事故の場合は『死体のトーチ』になるよ。残った〝力〟が漸減して消滅・忘却の結果は同じだ。大業を成した人間が喰われた場合、近傍に在ったり能を類する人間が代替する。明らかに不適当な立場にいる、評価が極端に分かれる著名人は、近くに喰われた偉人がいた可能性が高い。記憶に留めるには『この世の本当のこと』を理屈として知っている、そして〝力〟の遣り取りに体が適応している、この二つが最低限の条件だ」

マ「まだまだ！　新世界に満ちる〝力〟は『都喰らい』で作られたものと同レベルの高純度？　〝徒〟は〝力〟をどう食べ、炎の色をどう見分ける？　死後に同色の〝徒〟は現れる？」

フ「喰らえないものを喰らえるほどに加工するのが『都喰らい』なので、新世界に満ちる〝力〟は、ほぼ同じものだ。食べ方だが、経口摂取は旧世界の生物に倣っただけで、全身からの吸収もできる。食事と呼吸を合わせた感じかな。色の見分けは『達意の言』を介した曖昧な解釈だ。基本同色はいないが、双子の〝愛染の兄妹〟は株分けされつつも絡み合う一個体、という無二の例だね。その死後に同色が現れるかは『達意の言』の解釈に拠るな」

マ「ええと次は……ミステス『異形の戦輪使い』の宝具はどんな物？　『テッセラ』の数の多さはどんな理由？　『トリガーハッピー』に耐えられるフレイムヘイズは他にいる？」

フ「宝具は名前の通り戦輪型の『キラナ』、指の数だけ増やせる誘導弾だ。彼は六本腕だったので、総計三十もの刃が飛び回るわけだ。残念ながら、彼と共に破壊されてしまったよ。『テッセラ』は憩いの心が溜まると増える、そういう場所を増やしたかった連中の作り出した宝具だ。耐えられる討ち手は……いないね。いたら私も、あんなに驚かないよ」

マ「最後！　旧世界に残った〝徒〟やフレイムヘイズはどう暮らしてる？　旧世界にミステスがなくなったらランダム転移はどうなる？　〝紅世〟での〝徒〟の生死はどんな感じ？」

フ「残った〝徒〟はより隠れ潜むようになって、実情把握が困難になったね。大がかりな企みは途絶えて、ごく稀につまみ食いがある程度だ。フレイムヘイズの殆どは楽隠居だけど、中には『弔詞の詠み手』のように自発的に駆け回っている者もいるな。宝具は転移先がなくなったら、その場に残るんじゃないかな。〝紅世〟は力が混じり合う世界なので、他の死による歪みで新たな者が生まれる。寿命は力尽きるまで。生殖の観念はないね」

「ふう、続いては**神様関連**ですー」

マ「これは多くの人から来てます。**天罰神・創造神・導きの神の他に神はいますか？　いるとしたらどんな神ですか？　〝紅世〟にいなくて大丈夫？　『小夜鳴鳥』なら神も操れる？」**

フ「他にも神はいるよ。ただし〝紅世〟にしかない法則の体現者は他世界に顕現できない。‡〃とか■とかね。三柱は各々、新たに創り、行為を広め、暴走を罰する、と『人間にも分かる』行動を取っている。不在でも法則は変わらないから問題ないね。神が世界を去ったり隠れたりは、こちらの神話でも見る光景だろう？　流石に神を操るのは無理だね」

マ「ではまず天罰神から。**神威召喚からは逃げられない？　『トリガーハッピー』で顕現した天罰神は神威召喚の状態より弱い？　彼なら『贄殿遮那』は破壊できる？　彼が最強？」**

フ「神威召喚の発動で因果が括られたら破滅は確定、それが世界の法則だ。私との戦いで顕現したアレは、実は目覚めて立ち上がっただけ。攻撃もただの吐息で、神の権能じゃない。『アズュール』の防御も力押しで破られたよ。もし『贄殿遮那』が儀式の対象となれば破壊は可能だ。まあ、そんな状況はあり得ないと思うけれど。間違いなく最強だね」

マ「お次は創造神。**もし〝徒〟が『新たな神を創って』『人間の願いを叶えて』と望めば実現する？　創造神の影が銀色なのはどんな性質？　なぜ『銀』と結びつけられなかった？」**

フ「神の権能ゆえに〝徒〟の大多数が望めば、世界の法則として願いは叶うだろう。もちろん権能を発揮させるほど〝徒〟たちの願いが一本化されている必要はあるけれどね。影が銀色なのは、黒の対称だからだ。銀色の炎も、黒い炎と合一させるための凹みが可視化されたものと考えればいい。『銀』と創造神が結びつけられなかったのは、追放から数千年経って情報も廃れ、かつ『銀』がそういう色の炎を持つ〝徒〟と思われたからだね」

マ**「最後は導きの神です。彼女が広めた『表明思想』は［革正団］の「明白な関係」のこと？　新参が神託を知らなかったのは？　彼女は三つの世界全てを知覚している？」**

フ「表明思想から発展した理論が、明白な関係だね。全部バラしていいでしょ、が彼女の喧伝で、バラすことで人間との関係を改善しよう、が［革正団］の理論だ。新参は新世界創造後に渡り来たから、その前にあった神託を聞いていない。つまり神託は世界を跨がない。同じく、眷属がいても世界が違えば彼女には聞こえない。導き神の性質は、無責任だ」

「次は、自在法でいこうか」

マ**「これは皆気になってるようで……リャナンシーが『アズュール』に転生の自在式を刻んだ経緯は？　対象が〝燐子〟とトーチで結果に違いはある？　転生者に名称はある？」**

フ「『アズュール』は、リャナンシーの綴る自在式に心打たれた人間の彫金師が、指輪に式を彫り上げたことで宝具になった物でね。火除けも、彼女を追う〝徒〟に面した彫金師が、それら害意を撥ね除けんと欲したことで生じた偶然の産物だ。転生の結果は対象で変わらない、どちらでも同じだ。名称は……私が宿願を果たしていれば付けたかもしれないな」

マ「……続いて、**様々な攻撃の自在法は、全て炎を元に変換したもの？　達意の言を使えば〝徒〟の難しい真名も書ける？　なぜリャナンシーは教授の未完成な封絶を改良した？」**

フ「炎ではなく〝力〟を元に、本質に応じた現象を起こしているね。炎は最も単純な破壊力の現れだから使う者も多い。達意の言は話すだけなら即時だが、筆記等文化への参加となると達意の言自体の習熟が必要だ。リャナンシーは、便利そうなら教授の放置したものを完成させる例が多い。導きの神がこれを見つけて広めたことで、〝徒〟は人間を『襲う』怪物としての意識を薄れさせ、何食わぬ顔で『傍にいる』スタンスを得ることになった」

マ「**最後にずらっと！　『騎士団』と『都喰らい』はアシズ考案？　彼の『清なる棺』と教授の封絶の原型は関係ある？　『幕瘴壁』と『マグネシア』はどっちが硬い？　『隷群』は封絶を張ると虫が集まらないのでは？」**

フ「『都喰らい』は、アシズが編み出したものだ。正確には、自在法は『鍵の糸』で、多数のトーチ連鎖崩壊による広範囲・高純度な〝力〟の獲得方法を『都喰らい』と称するね。彼の『清なる棺』と教授の封絶の原型に、直接の関係はない。双方とも、因果孤立空間で対象を縛る現象は同じだけど、これは高度な自在師らの常套手段ということだろう。『騎士団』と『レギオン』も同じく関係ない。こっちは単に見た目が似てるだけで、動作原理も運用も全然違う。要するに、怒りに任せた『万条の仕手』の言いがかりだ。防御系自在法の両雄を比べると、柔軟な運用では『幕瘴壁』が、防御の硬さでは『マグネシア』が勝るようだ。例えるなら、防御にも使える刃と、大きな盾のごり押しかな。過去の討ち手が『隷群』を使ったら、封絶内外を問わず蜘蛛の糸を張って、膨大な小生物を動員するだろう。付近のそれを集めて回すしかできなかった契約者が未熟すぎたね」

「では、大人気なフレイムヘイズについてです！」

マ「**まずは……契約時に〝王〟は必ず休眠する？　討ち手の誕生で世界は歪まない？　契約者が死んだ時、条件の揃った人間が眼前にいたら契約可能？　新世界の討ち手はいる？**」

フ「天罰神含め、例外なく〝王〟全てが、休眠した上で契約するよ。討ち手とはいわば〝王〟の偽装なので、歪みはするね。それを最小限に抑えるのが目的だ。契約者の即時乗り換えはトリッキーだけど、不可能ではなさそうだ。ただし〝王〟に相当な技量が要るだろうな。本書『ローカス』の通り、新世界初のフレイムヘイズは『空裏の裂き手』だ。新世界でも当然〝徒〟に復讐心を持つ人間は現れるけど、〝觜距の鎧杖〟がわざわざ再び窮屈な身の上になったのは、彼の複雑な心境を示しているね。言葉通りの贖罪かもしれない」

マ「次は神器関係です。**契約は神威召喚の応用だけど、神器はなんの応用？　神器は昔からあった？　マルコシアスのように神器が便利な道具になるかは〝王〟次第？**」

フ「神器は『儀式』の具現化だ。基本〝徒〟に主導権がないのは『神に畏み申す場』であるためだね。初期も初期だと、契約者と完全に合一して神器は存在しなかった。後に人格を分けた方が互いの精神にも得策ということで自然と作られていったよ。神器の機能は契約者のイメージと〝王〟の器用さに拠る。『炎髪灼眼』は見守ってくれればいいから単なるペンダントで、『弔詞の詠み手』は出来るパートナーを求めるから魔道書になったね」

マ「これは……皆気になりますねえ。**マティルダとアラストールの契約した状況は？　マティルダの人間時の髪と目の色は？　シャナ以前に『天道宮』で育てられた人って？**」

フ「先代『炎髪灼眼』はとある騎士団で英雄的な活躍をして、しかし〝徒〟の操る上層部により無実の咎で火刑に処された女騎士だ。全てを知ってなお粛々と運命を受け入れた最期の瞬間、それを選んだ自分への怒りで契約した。彼女は命を最期まで燃やさなかった自分への復讐から常に前進を選択し、そうできる自分を喜ぶ。人間時の髪は赤毛、瞳は緑だ。
二代目が契約するまでに『天道宮』では数多くの人間が育てられているな。適性を見切ると外に帰すので、去る時の年齢は様々だ。大人まで居続ける者はいなかったね」

マ「次は、色んな討ち手について。**サーレはいつ契約した？　キアラの好物は？　ヤマべってどんな討ち手だった？　闇を撒く歌い手と弾け踊る大太鼓ってどんな人？**」

フ「『鬼功の繰り手』の契約は十六世紀頃、強制契約実験の犠牲者だな。二代目『極光の射手』の好物は南国の果実ならなんでもいいそうだ。『理法の裁ち手』は身軽に跳び回って、風向きや水流、落下等、物理現象を選択的に操る非常に強力な討ち手だったよ。闇を撒く歌い手と弾け踊る大太鼓は、本書『グラスプ』に書かれた情報が全てだ」

マ「最後は、新世界関連他です。**討ち手は〝力〟に満ちた新世界なら人間に戻れる？　歪みの真実を知れば『大地の四神』の〝力〟の変換を使える？　カムシン以外の調律師はどんな人？　討ち手を亡くした秩序派の戦闘スタイルは変化する？**」

フ「うーむ、転生の自在式を上手く使えば、くらいしか言えないな。彼ら『四神』の変換は極めて高度な自在法の一部なので、知識程度ではなかなか扱えないだろう。本編に登場した人物では実は『四神』も調律師なんだけれど、彼らはアメリカ大陸からは出ないね。討ち手の能力は、契約者の持つ強さのイメージと〝王〟の力の融合だった。秩序派になった〝王〟らは逆に、亡き討ち手らをイメージして同様の能力を使う者が多いな」

「もう一息！　〝紅世の徒〟についてだ」

マ「ではまずフリアグネ様から！　総数六千もの〝燐子〟全てに名前を付けてる？　「この世に散らばる宝具を集めるがゆえの〝狩人〟の真名」って、どうして真名が旧世界基準？　近代で五指に入る〝王〟って［仮装舞踏会］ならどれくらい？　他の五指って？」

フ「今はいない子も多いけれど、もちろん全てに名前を付けているよ？　由来は入手した土地の人名や地名、元になった人形の名前、気に入ったフレーズなど様々だ。

どこでも真名に相応しい行動をしてるぞ、とハッタリを利かせてみたよ。

五指は具体的な存在ではなく、それくらい強い、という慣用句だね。敢えて挙げれば〝壊刃〟や〝瓊樹の万葉〟も入るかな。強さ議論は不毛だけれど、宝具があれば［仮装舞踏会］の将帥らとも互角以上に戦えるだろうね。ああ、もちろん将軍は別だよ？」

マ「次は［とむらいの鐘］です！　『虹天剣』で『幕瘴壁』を貫通することは可能？　ニヌルタとフワワの戦い方はどんなもの？　ソカルの活躍した『戦狩り』ってなに？」

フ「可能だよ。代わりに『幕瘴壁』は自在に形を変えたり自分で纏えたりと応用力が高い。

ニヌルタは、極低温の刃を無数に周囲に舞わす、吹雪の大嵐さながらの『炎髪灼眼』の天敵。フワワは、音を自在に操り、惑わせた敵を巨大な口で食い千切る猛者だ。

『戦狩り』は人間の戦争に割り込んで［とむらいの鐘］の軍勢に喰わせる作戦行動だよ。

それを邪魔しに現れる討ち手の集団を、いかに上手く捌くかを競い合っていたそうだ」


マ「最後！　教授がドミノと漫才し始めたのはいつ？　教授が世界のバランスを脅かす代表格に

名が挙がったのは強制契約実験のせい？　［百鬼夜行］が冷戦下の事件で討ち手に協力したのはどんな理由？　神・王・徒は成長や劣化する？　カムシンを助けた〝徒〟の名は？」

フ「教授は渡り来た当初からドミノを作って、今なお改造し続けているね。危険人物扱いは、件の実験以外にもハワイの例他諸々だ。この場合は、運ぶことでなにかが変わると感じた時、に当たるね。事件後、討ち手も〝徒〟も国家との接触を断っている。〝王〟と〝徒〟は成長や劣化で呼称も変わるけれど、神は精神の変化が多少ある程度で他は不変かな。あの〝徒〟の名は、語ると怖い岩のお化けが来るそうなので言わないでおくよ」

「さあこれでラスト！　［仮装舞踏会］です‼」

マ「まず三柱臣。シュドナイが護衛を始めたきっかけは？　どんなTV番組を見る？　『四神』全員やアシズにも勝てる？　ヘカテー復活には時間も必要？　審神者ってなに？」

フ「きっかけは『神鉄如意』のない戦いも面白いと感じた時だね。理想化された人間の暮らしを映画で見るのが好きらしい。とんでもなく時間は掛かるけど『四神』には勝てるかな。アシズは封印等で敗北する可能性も微かにある。時間は願いの数によって短縮されるようだ。本来の意味は神託を解釈する者だけど、彼女は儀式全てを取り仕切る者だね」

マ「本当にラスト！　三柱臣の宝具は、通常の〝徒〟と人間による物？　それとも創造神が一柱で、あるいは人間と創った物？　隠された機能はある？　『神鉄如意』の大きさや分裂に上限はある？　対［革正団］での外界宿と［仮装舞踏会］の暗黙の了解は徹底してた？」

フ「創造神一柱による物だね。あれは宝具であり眷属の権能の具現化でもある。隠し機能はないけど約一名、鎖に色々隠してるよ。彼の感覚で把握できるまでが限界だ。相手が相手なので概ね命令は守られていたね。復讐対象を見つけた討ち手が暴走する例はあったとか」

マ「恒例いきます、フリアグネ様！　a貫太郎の職業は？　bヴィルヘルミナのティアマトー殴りで台詞中断になることは？　cヴィルヘルミナの料理レパートリーは？　d〝徒〟とフレイムヘイズの総数は？　e〝紅世〟には教育制度はある？　fサウスバレイの義足は左右どっち？　gシャナに誕生日を決めるなら生誕と契約どっち？　hシャナは成長した？　i子供の作り方は教えた？　j子供世代や自国のフレイムヘイズを！　kマージョリーと佐藤の関係はどうなる？　l名前だけ出た事件や戦乱の話は外伝になる？　m強すぎてボツになった宝具や自在法はある？　n十一年ぶりの新刊はどんな気持ち？　oその間作者は何してた？　p映像で大宮や静岡な理由は？　qカナエの星と世界は繋がってる？」

フ「一挙回答だね、マリアンヌ！　a外界宿に対応する部署を持つ、国際的な情報機関だ。b会心の突っ込みの時はそうなるね。cパンネンクック以降、料理に卵を落とすことを覚えたそうだ。d〝徒〟は数え切れないね。新世界に旅立った討ち手は千二百三十名、さらに弱冠増えたよ。e通常の社会自体がないな。f正解は左足だ。g『万条の仕手』なら出会った日にするんじゃないかな。h精神「は」成長したよ。i十四巻冒頭で教えてるね。j自分で想像・創造しよう！　kじっくり絆を深めていくだろう。l機会があればね。m物語から効果を逆算するのでないよ。nびっくりしたそうだ。oアニメやゲームを作ってたよ。p監督の渡部高志氏が自らロケハンしてくれたよ。q各々別個の世界だね」

「はあ、はあ……ヘトヘトになりましたが、なんとかやり遂げました！　こんな文字だらけのコーナーにお付き合い下さり、ありがとうございました!!」

「心地よい疲労感、だね……またいつか、私とマリアンヌの熱い、熱い交歓を見せられるよう願っているよ。皆、本当にありがとう」

あとがき

はじめての方、はじめまして。久しぶりの方、お久しぶりです。

高橋弥七郎です。また皆様のお目にかかることができました。ありがたいことです。

さて本作は、痛快娯楽アクション小説です。

なんと十一年ぶりとなる本巻は、後日談含む外伝集となっております。

テーマは、描写的には「先に続く今」、内容的には「わからないもの」です。

登場人物たちが、探したり目指したりしていたものを、どうぞ考えてみて下さい。

安達薫氏、三木一馬氏は『灼眼のシャナ』の担当編集者さんです。

特に安達氏には、迷惑のかけ通しで謝り方が分からないレベルです。

いとうのいぢさんは『灼眼のシャナ』の挿絵描きさんです。

この十一年で、より流麗な格好良さと美しさを獲得されていました。

五十音順に、青柴さん、蒼乃翼（ウィングシャウタ）さん、明石健大さん、赤葉っぱさん、アキトさん、秋宮棗さん、小豆@巫女さん、アナきら先生さん、アリアさん、市松蓮さん、イヌガミ／名前はまだ無いさん、エヴァンさん、エキドナさん、えくちゃんさん、化石好きさん、彼（鍵）さん、鸛夜さん、観覧車'82さん、貴金属さん、きずミーさん、クネクネさん、クラウンさん、ぐらじおん【ぐらじーに】さん、Kuroさん、黒希厂丁さん、クロ／ハルカさん、幻

☆想さん、光一さん、高尚（Kao Shang）さん、コーヒー梟さん、コウハさん、こうむさん、木霊さん、坂井悠二さん、炸楽若芽田麩さん、サラダプリンさん、シノアさん、島本篤さん、シャナシビさん、朱曲さん、白いタイヤ（コケのアユ）さん、人生さん、正誤さん、武内空さん、舘津テトさん、ダッシュさん、たらればさん、たんゆいさん、ちもさん、月さん、デブ猫さん、トキワさん、虎まろさん、渚ユウジさん、ナ月さん、ニートになりたいさん、ニシキさん、ハーモニーさん、藤巻健介さん、早坊さん、病人さん、ふぁてさん、ふかひれさん、ふのさん、ペカチューさん、蛍火さん、骨革命（HEL）さん、松城麻以子さん、まとまとさん、みけさん、安野苑さん、らけばいさん、ロシュロンさん、Chiro@VSさん、hikari347さん、Justin Tseng（梓川優）さん、L'imbécileさん、Mr.さん、PTさん、Remsuiminさん、Shiroさん、ShLShさん、Uゼストさん、x小犬xさん、yamaさん、いつも送って下さっていた方、初めて送って下さった方、質問コーナーへのご協力、ありがとうございました。

それでは、今回はこのあたりで。
この本を手に取ってくれた読者の皆様(みなさま)に、無上の感謝を、変わらず。
また皆様(みなさま)のお目にかかれる日がありますように。

二〇二三年十月　高橋弥七郎

◉高橋弥七郎著作リスト

「A/Bエクストリーム　CASE-314［エンペラー］」（電撃文庫）
「A/Bエクストリーム　ニコラウスの仮面」（同）
「アプラクサスの夢」（同）
「灼眼のシャナ　0〜XXII」（同）
「灼眼のシャナS　I〜IV」（同）
「カナエの星　①〜③」（同）

本書に対するご意見、ご感想をお寄せください。

ファンレターあて先
〒102-8177　東京都千代田区富士見2-13-3
電撃文庫編集部
「高橋弥七郎先生」係
「いとうのいぢ先生」係

『タンジェンシー』／電撃文庫25周年 夏の超感謝フェア
『アンフィシアター』／電撃文庫MAGAZINE Vol.57（2017年9月号）
『勝負服』／『灼眼のシャナ』20周年記念オンラインくじ
『クイディティ』／電撃文庫MAGAZINE Vol.71（2020年5月号）
『着こなし』／『灼眼のシャナ』20周年記念オンラインくじ

文庫収録にあたり、加筆・修正しています。

『グラスプ』『ローカス』『狩人のフリアグネV』は書き下ろしです。

電撃文庫

灼眼(しゃくがん)のシャナ S Ⅳ

高橋弥七郎(たかはしやしちろう)

2023年11月10日　初版発行

発行者　山下直久
発行　株式会社KADOKAWA
〒102-8177　東京都千代田区富士見2-13-3
0570-002-301（ナビダイヤル）
装丁者　荻窪裕司（META＋MANIERA）
印刷　株式会社暁印刷
製本　株式会社暁印刷

●お問い合わせ
https://www.kadokawa.co.jp/（「お問い合わせ」へお進みください）
※内容によっては、お答えできない場合があります。
※サポートは日本国内のみとさせていただきます。
※ Japanese text only

※定価はカバーに表示してあります。

ISBN978-4-04-915272-2　C0193　Printed in Japan

電撃文庫　https://dengekibunko.jp/

夢を諦めクソみたいな大人になっちまった俺の人生。
全ての原因は中学時代のアイツ、初恋の彼女、
安芸宮羽純のせいだ——なんて愚痴っていた俺は、
事故に遭いなぜか中学時代へとタイムリープしていた。
初恋の彼女への
告白を、もう一度——
タイムリープで
あの夏の青春をやり直す——！
青春2周目の俺が
やり直す、
ぼっちな彼女との
陽キャな夏
Story by igarashi yusaku
Art by hanekoto
五十嵐雄策
イラスト
はねこと
当時は冴えないモブ男子だった俺だが、
あっという間に理想の青春をやり直すことに成功！
あとは安芸宮と過ごした『あの夏』の事件の
真相を暴き、変えるだけのはずだったのだが——。
電撃文庫